MITOLOGIA GIAPPONESE

Straordinari Miti, Leggende e Descrizioni di Kami, Yokai, Eroi, Guerreri, Demoni ed Animali dai Poteri Sovrannaturali

FLAVIO MONTANARI

Table of Contents

INTRODUZIONE

Per conoscere a fondo un paese è bene scavare in profondità nella sua cultura. Tutti i popoli, in ogni parte del mondo, sono dotati di un sistema di divinità, storie e narrazioni sulle proprie origini e su alcuni eventi che accadono.

Conoscere la mitologia di un popolo significa anche conoscere i modi di pensare, di vivere e di agire di una certa comunità.

In ogni parte del mondo, infatti, le persone hanno usato per secoli la mitologia per rispondere a dei quesiti fondamentali: da dove veniamo? Chi siamo? Perché avvengono certi eventi? D'altra parte, la mitologia, con i suoi protagonisti, è servita per dare il buon esempio alle persone di ogni civiltà.

Questi protagonisti sono quindi utilizzati come archetipi per offrire alle persone dei modelli di vita da seguire o da evitare. Pensiamo alla mitologia greca e alla moltitudine di figure che incontriamo, con i loro pregi e difetti, ma anche alle sacre scritture cristiane, agli insegnamenti che ci offrono e ai comportamenti che ci invitano ad acquisire.

La mitologia ha così plagiato il modo di pensare di intere civiltà per secoli, raggiungendo anche noi. I personaggi mitologici sono entrati a far parte dell'immaginario comune, del linguaggio e della cultura di massa.

I miti vengono ripresi in film, libri, fumetti, romanzi e molto altro. È impossibile pensare una moderna civiltà che non sia stata pesantemente influenzata dalla sua mitologia.

Vale anche per il Giappone. La mitologia giapponese racconta le origini del paese, ma anche dell'uomo, attraverso avvincenti e coinvolgenti racconti. Il ruolo di queste narrazioni è lo stesso che la mitologia greca e romana ha per noi, ovvero quello di spiegare da dove veniamo e come dovremmo comportarci per il nostro benessere e di chi ci circonda.

Tuttavia, la mitologia giapponese è fortemente influenzata dalle religioni shintoiste e buddhiste. L'elemento filosofico e spirituale non manca mai, divenendo il chiaro protagonista di ogni vicenda accanto a divinità, eroi, aristocratici e molti altri.

Attraverso questo manuale, entrerai nell'affascinante mondo della mitologia giapponese e scoprirai i suoi formidabili protagonisti. L'obiettivo è quello di permetterti di conoscere un lato di questo paese che, forse, fino adesso non avevi mai considerato. Tuttavia, come già detto, non è facile comprendere a fondo gli usi, i modi di pensare e le tradizioni di un popolo se non si conosce la sua mitologia.

Scoprirai questo lato del Giappone a cominciare da una panoramica storico-culturale del paese e della sua mitologia in epoca medievale; affronteremo poi la *cosmogonia* giapponese, ovvero le origini del mondo e dell'universo; conoscerai meglio le divinità giapponesi, ovvero i Kami; scoprirai i personaggi e le creature mitologiche della tradizione giapponese, insieme a tante interessanti leggende che suscitano le più disparate riflessioni.

Si tratta di un argomento molto difficile, ma altrettanto affascinante, che verrà trattato in questo libro nel modo più autorevole e coinvolgente possibile. Speriamo di appassionarti con le storie del folklore giapponese e di fornirti delle informazioni utili per comprendere meglio i modi pensare e i costumi del Giappone.

QUADRO CULTURALE E STORICO DEL GIAPPONE

Morfologia del Giappone

Il Giappone è un arcipelago di più di 3000 isole che si trova nell'Oceano Pacifico settentrionale. Si tratta di isole generate dall'innalzamento dei fondali che sono andati a formare delle montagne. Per questo, il territorio Giapponese è più che altro roccioso.

Metà delle isole che si trovano nell'arcipelago sono vulcani che, spesso, causano terremoti che mettono a dura prova l'intero paese. La zona su cui si ergono le isole è detta

Cintura di Fuoco, che forma un ferro di cavallo lungo 40.000 km e che circonda il Pacifico.

Tuttavia, il Giappone non è solo caratterizzato da territori montuosi: spicca la pianura del Kanto, una porzione di territorio circondata dai monti, ma perlopiù collinare e pianeggiante in cui si trova anche la città di Tokyo.

Il paese è molto esteso, toccando i paralleli dal 24° al 46° e i meridiani dal 123° al 146°. Questo significa che i climi del territorio sono molto variegati, passano dai freddi inverni dell'Hokkaidō fino alle estati torride di Kōchi.

Nelle isole del Sud il clima è addirittura tropicale con inverni caldi ed estati torride, violenti tifoni e abbondanti piogge.

Con questa varietà di climi e le precipitazioni frequenti, il Giappone è caratterizzato da una flora varia e rigogliosa che conta più di 4000 specie di piante. Infatti, tra i prodotti di spicco del Giappone rientra certamente la verdura. Nell'alimentazione, infatti, i giapponesi inseriscono molti piatti a base di vegetali, siano cotti, crudi o in salamoia. L'altro prodotto più diffuso, ovviamente, è il pesce.

La porzione di mare riservata alla pesca giapponese è di 4.479.388 km^2 e il pescato raggiunge il 15% di quello mondiale. Il mare non offre solo molto pesce, ma anche risorse naturali quali gas naturali, idrato di metano e molte altre.

La storia del Giappone

Il territorio che abbiamo appena scoperto è abitato dall'essere umano fin dal 35.000 a.c. Si pensa che gli uomini che vissero in queste terre nel Paleolitico fossero particolarmente evoluti rispetto ad altre zone della Terra. Per primi impararono la lavorazione delle pietre e l'arte della caccia, precedendo di millenni le popolazioni europee.

Dal 14500 a.c si parla di periodo Jomon del Giappone preistorico, quando le popolazioni cominciarono a stabilizzarsi, ad abbandonare il nomadismo e a praticare l'agricoltura. A questo periodo risalgono molti cimeli, i primi tentativi della lavorazione della ceramica decorata e dei gioielli.

Con lo stanziamento delle tribù, la crescita demografica ebbe un aumento esponenziale, che, tuttavia, si arrestò al termine del periodo Jomon, nell'800 a.C circa a causa dei sempre più rigidi inverni che decimarono le popolazioni.

In questo stesso periodo, nuovi coloni discesero nelle regioni giapponesi da quella che è oggi la Corea. Le nuove popolazioni portarono nuove tecniche di coltivazione del riso, lavorazione dei metalli e influenze culturali.

Segue poi il periodo Yayoi, in cui si sviluppò notevolmente l'agricoltura e anche la lavorazione delle armi. In questo momento della storia giapponese, i popoli impararono la lavorazione della seta e del vetro.

Dal 250 al 538 d.C si assiste allo svolgersi del periodo Kofun in cui il Giappone diventa un regno unico. Nel Periodo Classico, ovvero fino al 1185, vige la religione buddhista e si vanno a creare quelle basi culturali che sopravviveranno anche nei secoli successivi.

Al termine del Periodo Classico, comincia quello che viene definito il Medioevo Giapponese.

Organizzazione politica nel periodo medievale

Il Medioevo Giapponese è un periodo relativamente lungo che si individua dal 1185 al 1600 circa. È diviso in diversi periodi in base alle caratteristiche politiche e sociali. Un primo periodo è quello Kamakura, in cui l'evento principale è l'istituzione del governo di Yoritomo nella città di Kamakura. Seguono i periodi Muromachi, Sengoku e Azuchi-Momoyama.

Il periodo Kamakura comincia dopo la battaglia di Dannoura nel 1185, quando Yoritomo si affermò come il primo shogun, alternativa al potere dell'imperatore Go-Toba. Yoritomo disponeva di un enorme esercito e, di fatto, operò un colpo di stato con cui acquisì automaticamente il potere.

La forma di governo divenne alla fine del XIII secolo un'oligarchia militare. L'aristocrazia fu infatti sostituita dalla classe dei samurai, gli imperatori dai capi militari shogun, si ebbe l'ingresso nella società di una classe religiosa, quella dei monaci buddhisti, mentre cambiò anche l'assetto sociale. La popolazione si divise in caste e si creò un'organizzazione simile ai sistemi feudali occidentali. Il potere era in mano ai samurai che lo passavano di generazione in generazione insieme alla terra, in cui vivevano i vassalli.

Come in Occidente, anche il Medioevo giapponese è un momento di scontri e mutamenti della società che portano a guerre e disordini. Il sistema politico si basa sulla presa di potere di alcuni clan già molto influenti nei periodi precedenti. L'imperatore perde sempre più valore e non viene quasi più riconosciuto come una guida prescelta dalle divinità.

È così che il suo ruolo diventa sempre più una facciata, simbolico, e il suo intervento negli affari pubblici si riduce drasticamente. Anche le proprietà terriere del sovrano passano a poco a poco nelle mani della casta militare e dei ricchi feudatari.

Il risultato è la nascita di piccoli appezzamenti di terreno in cui abitanti si scontrano con i vicini o con delle famiglie più abbienti. L'atmosfera è sempre tesa e incerta. Spesso si arriva allo scontro carnale, in cui anche i contadini dimostrano sapienti abilità di lotta.

Nonostante si tratti di un periodo nero e buio, esattamente come in Occidente, vengono poste le basi per un progresso culturale ampio e per la nascita dello Stato moderno che conosciamo oggi.

Nel Medioevo il potere passa nelle mani di tre caste. Ci sono i giuristi che si occupano di risolvere le dispute, gli amministratori che gestiscono la spartizione delle terre e la vita politica dei territori e la casta militare, i samurai. A capo del Samuraidokoro, l'ufficio militare, c'è lo shogun. Nonostante i guerrieri non detengano tutto il potere del paese, sono comunque delle figure molto importanti e ammirate nella società, in quanto sono valorosi, combattono per degli ideali e sono anche i ricchi proprietari terrieri che consentono ai vassalli di avere un luogo dove vivere e lavorare.

Gli eserciti erano molto consistenti in questo periodo storico. Non vi erano solo i samurai: truppe specializzate, *ashigaru*, ninja erano solo alcune delle figure militari adottate per rendere gli eserciti ancora più forti.

Le guerre

Nel Medioevo, il Giappone assiste a lunghi periodi di guerre civili in cui capi militari e grandi proprietari terrieri, i *daimyo*, lottano per l'unificazione del paese. Non solo: l'economia migliora grazie a nuove tecnologie agricole e nuovi trasporti, l'arte fiorisce, la politica estera si espande e il paese comincia a esplorare nuovi territori.

Non mancano gli scontri con popolazioni esterne al Giappone, come quelle mongole che invasero il paese nel 1274. I giapponesi resistettero sia per le abilità guerriere dei samurai, ma anche per la scarsa preparazione dei nemici. Oltretutto, nel 1281 si verificarono una serie di tempeste violentissime che presero il nome di *kamikaze*, letteralmente "venti divini", che sbaragliarono le navi mongole, costringendo di fatto i soldati alla retrocessione.

Nonostante la vittoria del Giappone, il paese fu molto indebolito da queste invasioni e i samurai scontenti dei mancati pagamenti da parte degli shogun si radunarono per restaurare il potere dell'imperatore. Questo momento prese il nome di Restaurazione Kemmu, che durò dal 1333 al 1336. L'imperatore Go-Daigo si alleò con il comandante dell'esercito traditore Ashikaga Takauji e un altro signore della guerra ribelle, Nitta Yoshisada e attaccarono lo shogun Kamakura.

Tuttavia, Ashikaga Takauji tradì gli alleati, esiliando l'imperatore e sconfiggendo Yoshisada. Lo shogunato di Ashikaga fu lanciato nel 1338 d.C. Cominciò così il periodo Muromachi, caratterizzato da un continuo susseguirsi di guerre civili e competizione per il potere tra signori della guerra rivali.

All'interno del periodo Muromachi viene riconosciuto anche un secolo di Stati Combattenti o periodo Sengoku. Questo comincia con la Guerra Onin nel 1467, in cui signori della guerra rivali e samurai cominciarono a combattere, e ciò portò solo a un clima di tensione continuo. In questo periodo, infatti, nacquero le città fortificate.

La fine del periodo Muromachi arrivò quando Oda Nobunaga conquistò Heiankyo nel 1568 d.C. Questo capo militare fu uno dei primi a utilizzare la polvere da sparo oltre che un esercito potentissimo di samurai. Il suo obiettivo era quello di unificare il Giappone e i suoi successori portarono avanti le sue mire anche dopo la sua morte, avvenuta nel 1582.

Questo periodo della storia è noto come il periodo Azuchi-Momoyama. Il momento storico vide l'inasprimento delle leggi in modo da portare più ordine nel paese, ma anche la nascita di un sistema fiscale nuovo, più severo. Furono confiscate tutte le armi dei contadini, mentre i monasteri furono deprivati delle loro ricchezze.

Le classi sociali

Gli imperiali persero lievemente il loro potere, passando appunto nelle mani della casta militare. In questo periodo, le classi agiate stavano bene, vivevano in ricchezza e cultura, mentre quelle meno abbienti dovevano lottare per sopravvivere.

Questa parte della popolazione non poteva uscire neanche dal luogo in cui risiedeva, era spesso vittima di carestie, malattie, alimentazione scarsa e condizioni di salute precarie. Lo scenario è quindi diametralmente opposto tra la classe dominante e quella povera. Da un lato abbiamo il fiorire della cultura, della vita sociale, delle tradizioni e della ricchezza, mentre dall'altra assistiamo a uno scenario disagiato.

A questa casta appartenevano lavoratori come macellai e conciatori, attori, becchini e, ovviamente, criminali e prostitute. Era comune che un contadino, il quale era costretto a pagare una tassa fondiaria ai proprietari terrieri o allo stato, divenisse un guerriero, soprattutto quando era necessario reclutare nuovi combattenti. L'elevamento di casta esisteva e non era così raro.

Inoltre, molti membri di una casta potevano accedere al matrimonio con le donne di un'altra e cambiare quindi il loro status sociale. La popolazione del Giappone Medievale era quindi abbastanza flessibile e mutava di continuo.

I matrimoni

In particolare, era uso comune invitare le figlie a sposare uomini di altre classi sociali per elevare il proprio status. Le donne non godevano di pari diritti degli uomini e i matrimoni combinati erano usanza comune in tutte le caste. Tra i samurai, le donne erano il pegno per fondare alleanze con altri signori, rafforzare i poteri e stipulare contratti di tipo economico.

Il modo in cui si svolgevano le unioni cambiava da classe a classe. Ai samurai non era concesso avere rapporti con le future mogli prima delle nozze, anche se con il tempo divenne sempre più comune ospitare la futura sposa nella casa dei suoceri per consentire alla famiglia di conoscere meglio la ragazza.

Nelle classi meno agiate, invece, vi era la tradizione yohai, ovvero la visita notturna tra amanti. Uomo e donna non avevano pari diritti né nelle caste abbienti né tra i contadini. Tuttavia, il compito della moglie samurai era ben definito: quando il marito non era a casa, ella doveva custodirla con forza e coraggio, tanto che molte donne apprendevano le arti marziali e l'uso delle armi.

Era possibile divorziare, ma solo su volontà dell'uomo. Anche le conseguenze della separazione vedevano il favore della parte maschile, ma le condizioni per la donna potevano migliorare se gli ex coniugi riuscivano a mantenere dei rapporti amichevoli. Tuttavia, la sorte per le mogli traditrici diventava spesso cruda e brutale: in caso di adulterio, le donne venivano punite con la morte. Per sfuggire a questo destino crudele o alla violenza di alcuni mariti, l'unica via di fuga per una moglie era quella di fuggire in convento.

La vita quotidiana nel periodo medievale

Particolare attenzione era destinata alla famiglia, nel Giappone medievale. L'unità familiare abitava sotto la stessa ie, ovvero la casa che ospitava i genitori e i loro figli, ma anche i nonni, altri parenti di sangue, i domestici e i loro figli.

La casa passava di padre in figlio maschio. Nel caso non ci fosse un erede, era uso comune adottare un figlio, *koshu*, che fungesse da nuovo "padre di famiglia". Le bambine, infatti, non potevano ereditare gli averi dei genitori ed erano quindi costrette a sposarsi o a vedere l'ingresso di un nuovo membro familiare.

In casa, la matriarca era la moglie del *koshu*, del capo famiglia, sia egli il padre o il figlio adottivo. Questa donna molto forte deteneva il potere della gestione delle faccende domestiche e delle altre donne.

Nel Giappone medievale, i bambini cominciarono ad essere sempre più istruiti. La scuola era un'attività che spettava solo alle classi abbienti, quindi ad aristocratici e samurai. Le lezioni si svolgevano nei monasteri e avevano quindi un carattere molto spirituale.

Tuttavia, in generale, la popolazione del periodo medievale, in Giappone, non era particolarmente alfabetizzata, mentre i monaci si occupavano più che altro di procedure burocratiche, affiancando le classi sociali elevate.

Non mancavano poi i figli di ricchi proprietari terrieri che frequentavano lezioni private presso maestri, o in piccoli gruppi. Da questa usanza, nacque, nel 1439, la prima scuola in senso moderno. Fu fondata da Uesugi Norizane, un samurai, il quale raccolse una serie di soldati e pensatori per insegnare ai più giovani la tradizione dei guerrieri valorosi.

Alla scuola Ashikaga di Norizane e all'istruzione presso monaci, templi e sacerdoti, si affiancarono un secolo dopo anche le prime scuole fondate dai missionari cristiani.

Ovviamente, all'istruzione accedevano solo i bambini maschi, mentre le bambine restavano nella casa di famiglia a occuparsi del benessere di tutti i membri. Le donne si recavano nei mercati con le governanti o con altri membri della casa per acquistare tutti i viveri di cui avevano bisogno. Questi luoghi di aggregazione nacquero molto in ritardo rispetto ai paesi occidentali.

I contadini di molte zone intorno alle città cominciarono a vendere i prodotti agricoli ai mercanti, i quali si spostavano da una zona all'altra del paese per vendere la merce. Inizialmente non fu un vero e proprio commercio come lo immaginiamo oggi: i mercanti vendevano le eccedenze che i contadini non erano in grado di offrire al pubblico. Solo più tardi si assisterà alla creazione di un vero e proprio business intorno alla compravendita di prodotti.

Anche in questo periodo viene mantenuta viva l'usanza del baratto. La merce si scambiava con altra merce, anche di differente genere. Tuttavia, la moneta esiste già e i commercianti ne approfittano sempre di più.

Tornando a parlare di alimentazione, sappiamo che nel Medioevo Giapponese le abitudini cambiassero notevolmente tra ricchi e contadini. I lavoratori avevano bisogno di energia e, nonostante il cibo spesso non fosse sufficiente, mangiavano anche quattro volte al giorno. I ricchi, invece, si limitavano al pranzo e a una cena molto leggera nel tardo pomeriggio.

A tavola vi erano delle rigide regole di etichetta. Innanzitutto, uomini e donne dovevano mangiare separati, mentre le figlie maggiori dovevano servire le donne e la moglie accudire gli uomini di casa.

Il cibo era servito su un vassoio, mentre il commensale lo attendeva inginocchiato a terra. Il posto era consumato, come da tradizione, mediante l'uso delle bacchette.

L'alimentazione era principalmente composta da verdure, carni e pesce. Tuttavia, con l'ingresso del buddhismo della cultura aristocratica, si smise di consumare carne, lasciata alle classi meno abbienti. Tuttavia, si trattava comunque di un alimento pregiato che non tutti potevano permettersi, quindi i giapponesi non ne facevano ampio uso.

Il pasto principale del medioevo giapponese resta il riso, come nelle epoche precedenti e successive. Non mancano poi numerose specie di alghe e funghi, conditi con salsa e pasta di semi di soia oppure con il noto wasabi.

La cultura buddhista introdusse anche il rituale del tè, che veniva bevuto dopo il pasto. Il rituale cominciò da un insieme di usanze grezze che andarono via via determinandosi fino alla cerimonia che conosciamo oggi.

Le cerimonie erano molto sentite nel Giappone del Medioevo. Particolare attenzione era dedicata ai funerali. Questi avvenivano principalmente attraverso la cremazione, o *kaso*. I giapponesi avevano un'aspettativa di vita maggiore rispetto alle persone che vivevano in Occidente. L'aspettativa di vita era di 50 anni, contando i numerosi rischi a cui la popolazione era sottoposta, tra cui carestie, disequilibri alimentari, malattie, guerre e molto altro.

Quando una persona moriva, la maggior parte dei giapponesi pensava che lo spirito del defunto andasse in una sorta di Ade, che le persone indicavano con *shigo no sekai*. Gli spiriti allora potrebbero occasionalmente rivisitare il mondo dei vivi. Secondo il buddhismo, invece, l'anima delle persone potrebbe reincarnarsi. In alternativa, esisteva anche una sorta di paradiso per gli spiriti più meritevoli.

Anche i giapponesi nel Medioevo, come noi, avevano una sorta di Festa dei Morti in cui ricordare i defunti. Essi venivano onorati ogni anno nella festa dell'Obon che si teneva a luglio e agosto quando si pensava che tornassero dalle loro famiglie per una visita di tre giorni.

Cultura in generale nel periodo medievale

Le persone nel Medioevo Giapponese si vestivano secondo la tradizione antica aristocratica. Le donne indossavano il kimono, gli uomini il kashimono. Nel primo caso, si trattava di una veste di seta intrecciata legata in vita da una larga fascia o *obi*.

Sia donne che uomini potevano inoltre indossare dei pantaloni larghi, solitamente di seta. Tutte le vesti, maschili e femminili, erano preziosamente abbellite con ricami che raffiguravano la natura, piante, fiori, uccelli e paesaggi che andarono via via sempre più a divenire complessi con lo scorrere dei decenni.

Le classi meno abbienti possedevano gli stessi modelli di kimono o kashimono, ma meno preziosi. Erano realizzati più che altro in lino o canapa. Anche le donne meno ricche potevano indossare un abito lungo di nome *uchiki*, mentre gli uomini sono spesso raffigurati nei dipinti dell'epoca con indosso *uchikake* o *kaidori*, ovvero giacche lunghe.

Questi abiti non erano affatto comodi per lavorare, così, non era raro incontrare dei contadini nei campi con indosso la sola biancheria intima. Inoltre, alcune zone del Giappone erano particolarmente calde e i tessuti non consentivano la traspirazione della pelle. Dunque, ai lavoratori non restava che toglierli.

Ai piedi di ricchi e poveri non potevano mancare i sandali, *zori,* fatti di legno, corda o pelle. Tuttavia, chi lavorava nelle campagne o nelle risaie aveva bisogno di un comfort e una protezione maggiore. Si optava quindi per i *zunbe,* stivali di paglia adatti per calpestare anche il fango o i terreni più molli.

Il copricapo più comune era il *kasa,* utilizzato non solo per ripararsi dal sole, ma anche come simbolo del proprio status sociale. Questo, infatti, consentiva di assumere diverse forme che indicavano la provenienza da una certa casta. Bisogna tenere a mente che in questo periodo, come in Occidente, la pelle chiara indica l'appartenenza a una classe ricca e privilegiata, quindi i cappelli avevano soprattutto lo scopo di mantenere il colorito perlaceo.

Per sembrare ancora più chiari, uomini e donne indossavano abbondante cipria, *oshiroi.*

Un altro accessorio che comunicava l'appartenenza a un certo rango era il ventaglio. Prendeva il nome di *uchiwa* o *ogi* ed era utilizzato sia da uomini che da donne per comunicare la propria casta.

Ben abbigliati, gli uomini e le donne giapponesi del periodo medievale avevano a disposizione diversi divertimenti tra cui scegliere. Molto diffuse erano le lotte di sumo. Queste avvenivano nei santuari shintoisti e attiravano un'ampia varietà di persone.

I più ricchi potevano darsi alla falconeria, mentre i poveri scommettevano sugli scontri tra galli, partite di calcio, o *kemari*, e molti altri giochi di squadra.

Le attività al coperto includevano i due giochi da tavolo più popolari: *go* e *shogi*. *Go* coinvolge due giocatori che mirano a spostare pietre bianche o nere su una griglia per controllare il territorio, mentre lo *shogi* è una sorta di scacchi.

Molto diffusi erano anche i giochi di carte, tuttavia molto diversi da quelli del mondo occidentale. Le carte giapponesi contenevano infatti poesie, ed erano dette *karuta*, oppure fiori e animali, prendendo il nome di *hanafuda*.

Di particolare importanza era poi il teatro Noh, un'altra forma popolare di intrattenimento in cui attori mascherati si esibivano in movimenti stilizzati e con della musica. In questi brevi frammenti di esibizione si raccontavano le vicende della mitologia giapponese che affronteremo nei prossimi capitoli.

Un'altra forma di intrattenimento che richiedeva più dispendio di denaro e tempo erano i viaggi. Non vi era una rete stradale e il Giappone era un territorio montuoso difficilissimo da esplorare. Chi si spostava più spesso erano i pellegrini. C'erano percorsi di pellegrinaggio specifici e nessuno si avventurava in terre inesplorate.

Aristocratici e mercanti si spostavano principalmente a cavallo o trainando le carovane attraverso i buoi. Dove non ci si poteva arrivare a piedi, si utilizzavano i fiumi. I ricchi venivano trasportati su un palanchino (*kago*), una sedia di bambù o di legno tra lunghi pali per i due portatori, ognuno posto alle due estremità.

Non mancavano poi i viaggi via mare, considerati però molto pericolosi per la presenza costante di banditi, pirati e per le condizioni atmosferiche molto precarie.

LE ORIGINI

La mitologia giapponese è una vasta raccolta di racconti folkloristici che vedono come protagonisti divinità, eroi, personaggi dalle caratteristiche archetipiche per il paese e molto altro.

Le origini della mitologia che oggi conosciamo sembrano risalire, in forma scritta, all'anno 712 d.C. Prima di allora, i racconti venivano tramandati a voce. Le opere più importanti di questa corrente di miti sono certamente il Kojiki (Cronaca degli antichi avvenimenti, 712 d.C) e il Nihonshoki (Annali del Giappone, 720 d.C).

Come vale per tutte le altre civiltà del mondo, anche la mitologia giapponese ha lo scopo di raccontare le origini dell'universo e, in particolare, del Giappone e della dinastia imperiale. Infatti, si dice che i miti siano stati messi in forma scritta nel periodo in cui il potere imperiale del Giappone aveva bisogno di una giustificazione di carattere divino. Si cominciò a tramandare quindi la discendenza degli imperatori niente meno che dalla dea del Sole, Amaterasu, di cui parleremo meglio nei prossimi paragrafi.

Anche la raccolta di narrazioni proveniente dal Giappone, così come quelle classiche occidentali, è caratterizzata dalla spiritualità. Tuttavia, a differenza di quest'ultima, la mitologia giapponese si basa sulle credenze shintoiste.

Vediamo ora, nei prossimi paragrafi, i principali miti giapponesi sulla creazione.

Mito di Inazagi e Inazami della creazione

Secondo la mitologia giapponese, il mondo è nato dal caos totale. Non c'era separazione tra cielo e terra e l'ambiente era caratterizzato da buio e continue tempeste.

La terra era più che altro dominata dall'elemento dell'acqua e dalle nuvole. Non vi era vita. Un giorno, poi, la terra e il cielo si separarono per via dell'apparizione della luce. Con la comparsa del Sole all'orizzonte, prese vita così il primo seme che germogliò fino a diventare una solida pianta.

Da quel piccolo seme nacque l'albero della conoscenza, destinato a divenire il primo delle divinità. Prese il nome di Kunitokotachi. Da questo albero, nacquero altre due divinità. Si raggiunge così la sacra trinità, dal punto di vista dei giapponesi.

Le divinità superiori erano dunque tre: Amanominakanushi Il Signore del Paradiso, Takamimusubi e Kamimusubi. Quelle minori prendevano il nome di Umashiashikabihikoji e Amanotokotachi. A loro seguirono sette generazioni di Kami, considerati come gli dei della mitologia classica, maschili e femminili.

Questi tre dei supremi ne crearono quindi altri, tra cui Izanagi e Izanami, fratello e sorella. Il loro aspetto era bellissimo, erano composti e considerati meravigliosi dalle altre divinità.

Gli dei supremi si resero presto conto che, se queste due divinità avessero avuto il compito di creare la vita, avrebbero certamente generato qualcosa di meraviglioso. Essi offrirono così a Izanagi la lancia del paradiso, anche nota con il nome di Amenonuhoko. Si trattava di un'arma meravigliosamente decorata con pietre preziose e pregiati metalli. Questa era una sorta di "respiro divino", un elemento in grado di generare la vita.

Gli dei supremi, poi, ordinarono ai due fratelli di costruire la propria casa, ovvero il mondo, da soli. Così, Izanagi e

Izanami discesero sulla terra attraverso un ponte sacro e restano sbalorditi dalle bellezze che vi trovano. L'acqua, il cielo, la calma stupirono i due fratelli che non poterono fare a meno di procedere con l'incarico richiesto dalle divinità superiori.

Izanagi immerse dunque la lancia nell'oceano, colpito dalla sua forma ondeggiante, e formò la prima isola. Questa prese il nome di Onogoro-shima. Oggi si chiama Nushima ed è un incredibile monolite che emerge dall'acqua, proprio come se una divinità lo avesse posato lì. Onogoro significa letteralmente *il mare fangoso ha la capacità di legare rocce e sassi accumulati per formare un ponte.*

Il riferimento al ponte sarebbe da ricondurre alla posizione delle due divinità mentre quest'isola cresceva: infatti, i due si trovavano sul ponte celestiale che collegava la terra con il regno delle divinità. Il fango invece, come anche nella religione cristiana, indica la materia da cui si plasma la vita. Sembra infatti che Izanagi avesse trafitto l'oceano e toccato il fondale con la lancia, da cui nacque poi l'isola.

Una volta emersa questa piccola porzione di terra, due uccelli vi si posarono sopra. Anche questo fatto stupì positivamente i due fratelli, affascinati dalla bellezza e dalla grazia delle creature. Dalla presenza dei due uccelli, compresero per la prima volta l'esistenza dell'amore. Si sentirono così spinti a continuare la generazione del mondo. Si trasferirono sull'isola dove continuarono la loro missione.

Crearono poi una grande colonna e vi danzarono attorno per trarne potere. Durante questo rituale, Izanami si accorse dell'incredibile bellezza del fratello e cominciò a lodarla. Presto, i due fratelli si resero conto di provare un'irresistibile passione l'uno per l'altra e consumarono il loro incestuoso amore.

Tuttavia, questa unione non portò nulla di buono. Nacque infatti un figlio mostruoso e deforme, che la coppia decise di allevare per un breve periodo di tempo, per poi lasciarlo andare nel mare. In questo dettaglio, ci possiamo rendere conto di alcune somiglianze con la mitologia greca, per esempio nel mito delle Gorgoni, creature marine mostruose e lasciate crescere da sole in un ambiente oceanico.

La coppia, nonostante la nascita del mostruoso figlio, non riuscì a resistere alla passione e diede alla luce una seconda creatura, l'Isola di Awa. Insieme, ebbero altri sei figli. Sado, Yamato (Honshu), Oki, Tsushima, Iki, Tsukushi (Kyushu), Iyo (Shikoku) e Awaji. Da notare che queste otto divinità figlie di Izanagi e Izanami sono le otto isole principali del Giappone, terre dove avranno luogo molte altre leggende che affronteremo in questo libro.

Non riuscendo a generare una vita degna di questo nome, Izanagi e Izanami decisero di rivolgersi alle divinità superiori in cerca di supporto. Questi, dissero che nel momento della danza la coppia avesse ribaltato l'ordine naturale delle cose, in quanto era stata la donna a corteggiare per prima l'uomo.

Invitarono così i fratelli a ripetere la danza seguendo l'ordine naturale. Quando questo avvenne, Izanagi corteggiò la sorella e i due generarono le montagne, i fiumi, il sole, la lune, le piante e altri elementi che costituiscono il mondo in cui viviamo.

Tuttavia, dall'unione dei fratelli nacque anche la terribile divinità del fuoco.

La mitologia giapponese riconosce questa divinità con il nome di Kagutsuchi. Quando nacque, era talmente bollente e ardente da uccidere la madre. Izanami venne così mandata nel mondo dei morti, lo Yomi. Izanagi uccise il figlio in preda alla rabbia e pianse Izanami presso il suo luogo di sepoltura, il Monte Hiba.

Dalle sue lacrime nacquero molte altre divinità e yokai, di cui parleremo più avanti.

Izanagi si trovò così solo, senza la sua amata sorella e madre dei suoi figli, e decise di entrare nello Yomi per riportarla indietro. Quando vi fece ingresso, trovò un mondo oscuro e agghiacciante, dove non si vedeva nulla e il tanfo era acre. Dopo tanta fatica, udì la voce della sua amata Izanami. Tuttavia, la donna pregò però l'amato di non guardarle il volto. Egli inizialmente ubbidì all'amata e si rivolse dunque verso l'uscita con Izanami dietro.

Dopo poco tempo, Izanagi non resistette. Accese una torcia e si voltò a guardare la sposa, la quale però era ricoperta di vermi e in avanzato stato di decomposizione. La sua bellezza sembrava essere svanita nel nulla. L'immagine fu raccapricciante e la divinità non poté fare a meno di restare sconvolta.

Izanagi cercò quindi di fuggire dal mondo dei morti, distrutto e disgustato dalla visione della donna in quello stato. Izanami lanciò verso il fratello dei demoni in modo che lo riportassero indietro, ma lui riuscì a uscire dalla caverna e a chiuderla con una grossa pietra.

Dall'interno, la dea, piena di rabbia, gridò che avrebbe ucciso 1000 persone per ogni giorno trascorso senza il marito. Izanagi, invece, rispose che per ogni giorno senza lei, avrebbe creato 1500 uomini.

Izanagi non riusciva a togliersi di dosso la puzza della morte e provò così a immergersi nelle acque del mare mentre il pianto scorreva libero. Fu una sorta di rito di purificazione che allontanò dal suo corpo divinità e creature mistiche come i Kami e gli Yokai. Questi sono le divinità e le creature soprannaturali della mitologia giapponese.

Con la parola "yokai" si va a descrivere tutto ciò che non appartiene alla dimensione terrena. Si tratta quindi di entità misteriose che prendono diverse forme, tra cui quelle di Oni. Questi sono terribili orchi che nascono in generale nei luoghi dove la rabbia e la violenza umana hanno fatto numerose vittime.

Tra i Kami a cui Izanagi diede vita, ce ne sono anche di molto potenti: Amaterasu, che nacque dall'occhio sinistro di Izanagi, la custode del Sole; Tsukuyomi, dall'occhio destro, era il custode della Luna; Susanoo, che uscì dal naso, fu posto alla custodia dell'oceano e fu colui che dirigeva le tempeste. Tutte queste divinità andarono a vivere insieme alle altre nel Takamagahara, il paradiso degli dei, e fecero delle azioni meravigliose che racconteremo nei prossimi capitoli.

Izanagi e Izanami non si incontrarono mai più. Anzi, la loro distanza si fece sempre più lontana a mano a mano che passavano i millenni. Il loro amore si trasformò in un aspro pentimento, in una sensazione spiacevole e dolorosa. Tuttavia, quell'iniziale sentimento di passione diede vita a tutto il mondo, tra cui i guardiani del sole, della luna e degli oceani.

Miti di Amaterasu e Susanoo

Secondo la mitologia giapponese, il Sole è governato da un'entità superiore e soprannaturale. L'abbiamo già nominata a proposito del bagno di purificazione nel mito di Izanagi. Questa divinità, infatti, si è spogliata delle sue vesti per scacciare la terribile visione dell'amata incontrata nel mondo dei morti e ha dato vita a una serie di creature.

Durante il pianto della divinità, dall'occhio sinistro nacque Amaterasu, la custode del Sole. La dea si lavò il volto nelle sacre acque del mare non appena venne generata, rivelando poi tutta la sua bellezza. Il suo aspetto era luminoso, con dei meravigliosi capelli lunghi e vesti preziosissime.

Quando Izanagi decise che il suo ruolo di creatore del mondo fosse terminato, donò alla figlia Amaterasu una meravigliosa collana con cui le diede il potere di governare tutto il paradiso. Il gioiello prese il nome di Yasakani no Magatama, letteralmente Giada di Yasakani, ed è uno dei tre sacri oggetti dell'impero giapponese insieme alla Spada del Paradiso e allo Specchio Sacro che incontreremo in altri miti più avanti.

Amaterasu visse in una grotta sacra accompagnata da una serie di ancelle e indossava i migliori abiti mai visti su una divinità. In base al colore delle sue vesti, cucite proprio dalle sue cortigiane, variava anche il tempo metereologico dei giorni successivi. Quando i tessuti emanavano delle tinte forti e vivaci, il sole sarebbe stato splendente nel cielo, mentre dei colori scuri avrebbero portato un tempo nuvoloso e cupo.

Nell'iconografia giapponese, Amaterasu è raffigurata con un disco solare tra le mani, il quale serviva per portare la luce in tutto il mondo. È grazie a questa divinità se la Terra ha potuto godere della nascita di rigogliose piante e quindi della vita.

Sul pianeta Terra, tutto sembrava sereno e tranquillo, fino a che il fratello minore di Amaterasu, la divinità Susanoo, custode degli oceani, ma anche divinità delle tempeste, non decise di generare piogge torrenziali e di distruggere la vita sul pianeta. Lo fece sia per noia, sia per il suo carattere impetuoso, ma anche per la forte invidia che provava nei confronti di sua sorella, posta in una posizione superiore rispetto a tutte le altre divinità e acclamata per la sua bontà d'animo.

Cominciò dunque a prosciugare i fiumi, spingendo la fauna acquatica a morire, così come le piantagioni dei villaggi. Di contro, provocò anche terribili inondazioni che uccisero migliaia di persone.

Per punizione, Susanoo venne invitato da Izanagi a recarsi nel regno dei morti. Dovette ubbidire al padre, ma prima decise di far visita alla sorella. I suoi passi furono uditi dalla divinità del Sole che pensò stesse avvenendo un terremoto. Temendo un attacco da parte dell'iracondo fratello, Amaterasu si armò, indossando scudi e protezioni preziosamente decorate.

Tuttavia, Susanoo si presentò da lei senza intenzioni malvagie. Come segno di resa, consegnò ad Amaterasu la sua spada, che lei distrusse per punirlo delle sue azioni. Dai tre pezzi che ne risultarono, nacquero tre entità femminili. D'altra parte, Susanoo, notando che da quell'oggetto fosse nata della vita, si impossessò del gioiello della sorella, dai quali generò a sua volta cinque entità maschili.

Questa sfida alla generazione di figli sembrò vinta da Susanoo, ma la sorella affermò che in realtà le divinità create da Susanoo fossero solo tre, in quanto provenienti dalla sua spada, e quelle di Amaterasu cinque, generate dalla sua collana. Quindi la divinità del Sole vinse sul fratello, il quale crollò in un'ira profonda. Così, fece danni in parte del regno della sorella, tra cui la distruzione della sacra riserva di riso.

La sorella lo trattenne comunque presso la sua proprietà, illudendosi che Susanoo potesse calmare la sua ira profonda. Egli, tuttavia, nel regno di Amaterasu, scoprì un mondo di pace che lo lasciò stupito, tenendolo calmo per qualche tempo. Tuttavia, l'impeto di Susanoo restava incontrollabile, alimentato oltretutto da una forte noia.

Un giorno decise però di rompere quella calma e di recarsi presso una delle ancelle che stava tessendo le vesti di Amaterasu. Qui, invocò un cavallo nel cielo che cadde sulle tessitrici, giusto per spaventarle e dare un po' di brio a quella calma piatta. Una delle ancelle si spaventò così tanto che cadde a terra agonizzante e morì.

Presa dal dolore e dalla rabbia nei confronti del fratello, Amaterasu decise di ritirarsi e isolarsi nella sua sacra grotta. Si chiuse dentro con un'enorme pietra e non uscì più per mesi. Il risultato fu un tragico periodo di buio, non essendo presente la guardiana del Sole a gestire il ciclo dei giorni. Cominciò così un tempo di lunghissimo inverno in cui non si vide la luce, le persone morivano di freddo e le piante non davano frutti. Gli animali cominciarono a morire, l'animo degli esseri umani era sempre triste e in generale piombò la crisi in tutto il mondo.

Le piante morirono, gli yokai cominciarono a girare per la terra perpetrando soprusi e neppure le divinità maggiori furono in grado di vedere in tutto quel buio e quindi di intervenire. Si riunirono così per escogitare il modo di estrarre Amaterasu dalla sua grotta.

Per risolvere il problema, le divinità crearono un grande specchio e degli strumenti musicali. Secondo la leggenda, poi, le divinità appesero a un albero la grande collana donata da Izanagi alla figlia. La collana si chiama Yasakani no Magatama, mentre lo specchio Yata no Kagami e sono due dei tre tesori imperiali. La collana è composta da due pietre di giada Magatama e viene raffigurata come una sfera dalle dimensioni imponenti. Le divinità suonarono davanti alla caverna di Amaterasu in modo da attirare la sua attenzione.

Lo specchio fu appeso al Sasaki, un albero dai 500 rami che le divinità piantarono apposta per l'occasione di fronte alla sacra grotta.

Quando la dea udì la musica proveniente dall'esterno, si affacciò leggermente fuori dalla grotta. Fu incuriosita e si ritrovò di fronte a una grande festa in cui tutti suonavano uno strumento e ballavano. Tra loro, spiccava la bellissima Ame no Uzume, impegnata in una danza festosa per attirare l'attenzione della divinità del Sole.

Ame no Uzume rappresenta lo spirito dell'alba, dell'allegria nella religione shintoista. Nella mitologia giapponese viene spesso indicata come la grande persuaditrice. È una dea legata alle feste e alla sensualità, ma anche alla meditazione secondo alcune versioni. Ame no Uzume è dotata anche di un'intelligenza brillante, che le ha consentito di escogitare un modo per attirare l'attenzione di Amaterasu e riuscire nel suo intento di riavere la luce, grazie a una danza nota in oriente come bugaku.

I movimenti sono lenti e solenni, mentre le vesti di chi la esegue sono ricchi di sfarzo. Mentre balla, la dea perde i suoi vestiti, restando quasi completamente nuda. L'obiettivo del togliersi i vestiti è mirato alla risata degli dei. Infatti, è solo grazie al vociare delle divinità che Amaterasu decise di uscire finalmente dalla grotta.

Di fronte a sé Amaterasu trovò una dea luminosa, bellissima e, rapita dalla curiosità, uscì dalla caverna per guardarla più da vicino. Non appena uscì, il mondo fu invaso nuovamente da una luce splendente. A questo punto, Amaterasu fu condotta dal ballo della divinità davanti allo specchio divino e restò incantata dalla sua stessa immagine.

Prima che potesse accorgersene, Amaterasu si ritrovò all'esterno della caverna, di nuovo pronta per riportare l'equilibrio nel mondo. La dea Ame no Tajikarao, considerata la dea della forza, richiuse la caverna con un masso, in modo che Amaterasu non potesse retrocedere.

Davanti allo specchio, comprese la sua enorme bellezza e l'importanza della luce del Sole per la vita sulla Terra. Le divinità furono nuovamente felici e gioiose, ma non dimenticarono il torto di Susanoo. Come punizione, tagliarono la sua barba e furono strappate le sue unghie.

Fu poi allontanato dal paradiso e gettato sulla Terra.

Amaterasu, dopo l'allontanamento del fratello, tornò poi al suo ruolo di custode del Sole e delle giornate. La leggenda vuole anche che il primo Imperatore del Giappone sia disceso direttamente dalla dea Amaterasu, come vedremo più avanti.

Susanoo e Yamata no Orochi

Susanoo, come emerso dal paragrafo precedente, era una divinità capace di agitare le acque e creare grandissime inondazioni. Il suo carattere veniva indicato nella tradizione giapponese come facilmente irritabile e imprevedibile, capace di gesti scellerati e incontrollabili. Questa sua caratteristica lo rendeva temibile e lo portò a essere isolato dal resto delle divinità.

La sua potenza era inarrivabile, proprio come quella dell'acqua, in grado di distruggere rocce e intere città. Tuttavia, l'acqua dell'oceano può anche essere calma e favorire la vita degli esseri viventi, proprio come Susanoo.

Scacciato dal cielo, Susanoo si accampò presso il fiume Hi, nella provincia di Izumo. Qui notò delle barchette che galleggiavano e comprese che lì nelle vicinanze ci fosse della vita. In effetti, aveva ragione: trovò una famiglia in cui i membri stavano piangendo.

Si trattava di Ashinazuchi con la moglie Tenazuchi e la figlia, la principessa Kushinada. Il motivo dietro la disperazione della famiglia risiedeva in un dramma che li colpiva anno dopo anno: un drago a otto teste e otto code, Yamata no Orochi, mangiava ogni anno una figlia, e Kushinada era l'ultima che era loro rimasta.

La giovane fanciulla era bellissima e non passò inosservata agli occhi di Susanoo, il quale decise di proporre un patto per salvare la famiglia. Promise di aiutarli in cambio della mano della bella Kushinada. Quando i genitori della fanciulla appresero le divine origini di Susanoo, decisero di provare a salvarla affidandola al Dio, il quale la trasformò in un pettine magico e se lo infilò fra i capelli.

Nel frattempo, la divinità chiese ai due genitori della fanciulla di costruire attorno alla loro casa un recinto con otto porte. Davanti a ognuna, chiese loro di posizionare una botte piena di sakè, di cui il drago era ghiotto. Sapeva che il drago Yamata no Orochi fosse troppo potente per essere sfidato direttamente.

Raggiunta la casa della famiglia, come ogni anno di consuetudine, il drago si rese conto che qualcosa era cambiato. Notò il recinto e le botti, ma della bella fanciulla neanche l'ombra. A quel punto, ognuna delle otto teste si diresse a una botte e la bevve.

Il drago Yamata no Orochi fu stordito dalla potente bevanda alcolica e Susanoo poté intervenire. La divinità, con la sua spada, recise le otto teste del drago e il fiume Hi divenne rosso a causa del sangue che ne sgorgò.

Tagliò anche le otto code della bestia e, in una di esse, scoprì la meravigliosa spada Ama no Murakumo no Tsurugi (o Kusanagi Tsurugi) che decise di donare ad Amaterasu come segno di riconciliazione. Questa spada, insieme allo specchio per attirare Amaterasu fuori dalla grotta e una collana che la dea del Sole ricevette in dono dal padre Izanagi, va a costituire il tesoro imperiale. Ognuno di essi rappresenta una virtù: il valore (la spada), la saggezza (lo specchio) e la benevolenza (la collana). Oggi questi oggetti sono conservati il tre luoghi diversi: la spada si trova al tempio di Atsuta a Nagoya, lo specchio al tempio di Ise nella prefettura di Mie e la gemma al Palazzo imperiale di Tokyo.

Per ogni testa sepolta del drago Yamata no Orochi, fu piantato un cedro nei pressi della cittadina di Kisuki. Questo luogo rimane particolarmente famoso per l'antica produzione di spade che venivano forgiate mediante l'uso della sabbia rossa del fiume Hi.

Grazie al grande coraggio dimostrato da Susanoo, le divinità lo riaccettarono nel paradiso. Sposò Kushinada e vissero nel Takamagahara gli anni delle nozze.

Sia Amaterasu che il fratello Susanoo ebbero una lunga discendenza. In particolare, la dea ebbe tra i suoi nipoti gli imperatori del Giappone. Jinmu, conosciuto anche come Kamu yamato iwarebiko no mikoto, fu il primo imperatore del Giappone ed erede diretto della luminosità di Amaterasu. Dal suo coraggio ebbe poi origine la dinastia Yamato, che è arrivata a governare il paese fino ad oggi.

Mito di Tsukyomi e Amaterasu

Tsukuyomi e Amaterasu sono due fratelli con molto in comune: sono nati entrambi dagli occhi di Izanagi dopo la fuga dallo Yomi e sono i custodi del Sole e della Luna. A volte, grazie alla loro vicinanza, era possibile ammirare il Sole e la Luna contemporaneamente nel cielo.

Un giorno, Amaterasu venne invitata dalla dea del cibo Ukemochi per un banchetto. Le due divinità erano molto amiche e dovevano controllare l'operato di Ukemochi sul cibo in base al variare delle stagioni. Per fare questo, quindi, i custodi di Sole e Luna avrebbero dovuto presenziare a un banchetto da lei organizzato.

Volendo ospitare degnamente il messaggero divino Tsukuyomi, Ukemochi preparò cento tavole nei suoi «cento campi di giunco», terminologia con cui nei miti ci si riferisce al Giappone. Amaterasu non poté presiedere al banchetto divino e quindi si ritrovarono soli la dea della nutrizione e il dio della Luna.

Quando Tsukuyomi raggiunse Ukemochi, si trovò davanti un enorme banchetto ricco delle migliori pietanze possibili, con bellissimi colori, invitanti profumi e piatti deliziosamente decorati. Una volta finito tutto. Ukemochi scomparì da dietro una roccia e ricomparse portando altri piatti.

Il custode della luna, incuriosito, seguì la divinità per scoprire da dove provenisse tutto quel cibo. In effetti, Ukemochi scomparì diverse volte dietro quella roccia per poi ricomparire con vassoi imbanditi di prelibatezze.

Tsukuyomi decise di spiarla e scoprì con stupore che la dea rigurgitava il cibo come se fosse stato appena colto o pescato, per poi servirlo nei piatti. La dea fece uscire dalla bocca un gran mucchio di riso, volatili di ogni specie e tanti pesci guizzanti. Estrasse verdure dalle orecchie, latte dal naso e l'estrazione del cibo interessò anche altri suoi orifizi.

La scena era raccapricciante, tanto da spingere Tsukuyomi a un'ira incontrollata che sfociò nella decapitazione della dea. I pezzi della divinità si trasformarono in vegetali che toccarono terra e cominciarono a germogliare dando vita a una moltitudine di piante di frutti e verdure.

Amaterasu venne a conoscenza della violenza perpetrata dal fratello nei confronti dell'amica e decise così di espellere il fratello dal paradiso verso l'altra parte del mondo. Quindi, da questo episodio, i due fratello non si videro mai più.

Dove era presente Amaterasu, Tsukuyomi non esisteva. Fu così che da allora nacque il ciclo del giorno e della notte e Sole e Luna non furono mai più visti insieme.

Il mito di Okuninushi

La leggenda vuole che il Giappone, con le sue terre e meraviglie, sia nato dall'unione delle due divinità primordiali Izanagi e Izanami. Se ricordi bene il mito, potrai riprendere alla memoria i figli della coppia di fratelli: ebbero prima di tutti un figlio informe e orribile, che fu abbandonato al mare e che incontreremo presto in altri miti; poi, procrearono le Oyashima, ovvero le otto isole del Giappone.

Tra queste, vi era Izumo, oggi nota per la produzione di soba e terra di molte note leggende. Secondo il mito della successione di Izanagi e Izanami, il compito di portare avanti l'opera di creazione del Giappone fu affidata a Okuninushi, principe valoroso, ma un po' sfortunato, e primo signore della terra di Izumo. Come egli raggiunse quest'isola è ben presto spiegato nel mito a lui dedicato.

Okuninushi era uno dei numerosi discendenti di Susanoo e Kushinada, che si trasferirono nell'isola dopo la sconfitta del temibile drago. In totale, i fratelli semidei figli del custode degli oceani e della sua bella sposa erano ben 81 e tutti avevano un obiettivo comune: quello di conquistare la mano della principessa Yakami di Inaba.

Tra tutti i fratelli, Okuninushi era il più debole. Un giorno, gli 80 vigorosi fratelli e poi quello meno forte decisero di partire alla volta del castello della principessa. Al momento di lasciare Izumo per la spedizione verso il regno della bellissima Yakami, i fratelli obbligarono il gracile ragazzo a portare tutti i loro bagagli. Infatti, Okuninushi è spesso raffigurato mentre sorregge una montagna di oggetti sulla schiena.

Il ragazzo sapeva di non avere speranze contro i numerosi fratelli, ma partì lo stesso per conquistare il cuore della principessa Yakami, considerata bellissima e dalle meravigliose virtù.

Così, una mattina, tutti gli 81 fratelli partirono, con Okuninushi in fondo al gruppo e la schiena carica di bagagli.

Nel tragitto, Okuninushi restò indietro rispetto ai fratelli per via del peso che doveva portare sulle spalle. Gli 80 uomini, nel frattempo, non lo aspettarono. Anzi, mentre procedevano verso il regno, incontrarono un coniglio malconcio sul percorso. L'animale, disperato, chiese loro aiuto per curare le sue ferite. Tuttavia, i fratelli si presero gioco di lui, invitandolo ad immergersi completamente nell'acqua del mare.

Il coniglio ci cascò e si ritrovò con lancinanti dolori in tutto il corpo. Si ricoprì di piaghe e pianse sotto le risate malefiche dei fratelli che ripresero il cammino incuranti del danno provocato.

Qualche ora dopo, il coniglio incontrò Okuninushi, stremato dal peso dei bagagli e dal lungo cammino. Sentendo le lamentele del povero animale, il ragazzo decise di prestargli soccorso. L'animale gli raccontò di essere stato ingannato dai fratelli e spiegò il motivo di quel suo stato pietoso.

Il coniglio era infatti partito dall'isola di Oki per vedere la principessa Yakami di Inaba, descritta appunto come una creatura meravigliosa. Tuttavia, essendo un coniglio, non poteva attraversare il mare a nuoto per raggiungerla, il quale era oltretutto infestato da coccodrilli, ma gli venne in mente un'idea. Si mise a chiamare gran voce i coccodrilli e dopo poco un esemplare uscì dall'acqua. Il coniglio iniziò a vantarsi con il rettile affermando che i conigli fossero più numerosi dei coccodrilli. Il rettile si sentì subito colpito nell'orgoglio e tra i due iniziò un'accesa discussione.

Il coniglio propose al coccodrillo di radunare tutti i suoi parenti e di metterli uno fianco all'altro affinché lui potesse contarli e stabilire chi fosse il vincitore della sfida. Il coniglio saltò da dorso in dorso contando ogni esemplare ad alta voce, ma, arrivato all'ultimo esemplare, sbeffeggiò tutti i coccodrilli rivelando che la sfida era solo un pretesto per fargli formare una passerella tra l'isola di Oki e il regno della principessa e con un balzo saltò sulla terra ferma.

Tuttavia, l'ultimo coccodrillo della fila, comprensibilmente adirato, cercò di azzannarlo. Fortunatamente, grazie alla velocità del balzo il coniglio si salvò, ma tutta la sua pelle rimase tra le fauci del coccodrilo.

Okuninushi, colpito dalla storia, disse al coniglio di lavarsi presso il vicino fiume e di rotolarsi nel polline dei fiori. Il coniglio ascoltò l'uomo. Si immerse dapprima nello specchio d'acqua e poi si diresse nel più vicino campo di fiori. Si ricoprì così di morbido polline e il suo pelo venne completamente rigenerato. Ringraziò il giovane prevedendo che la scelta della principessa sarebbe ricaduta su di lui.

Okuninushi, confuso per quella affermazione, salutò il coniglio e si avviò per raggiungere i fratelli, i quali ormai erano quasi giunti alla corte della bellissima Yakami.

In effetti, a corte erano giunti tutti i fratelli, i quali cercarono di impressionare la bella fanciulla, ma senza apparente successo. La principessa rifiutò tutti gli 80 uomini e disse che avrebbe atteso l'arrivo di Okuninushi, l'ottantunesimo.

I fratelli, amareggiati e feriti nell'orgoglio, partirono alla volta del ragazzo, il quale stava ancora cercando di raggiungere il castello. Lo incontrarono su un monte, dove lo minacciarono: se non avesse catturato uno specifico cinghiale dal pelo color fuoco, loro lo avrebbero ucciso. I fratelli sapevano che il giovane sarebbe morto o per mano loro o in quanto troppo debole per sopravvivere all'attacco di un animale. Il ragazzo, a sua volta, credette che fosse un'occasione per dimostrare ai fratelli la propria forza.

Quando partì, i fratelli arsero una grossa pietra e gliela fecero rotolare addosso affermando che si trattasse del cinghiale. Il ragazzo, nel tentativo di afferrarla, morì.

Tuttavia la madre dei fratelli, la principessa Musubu, intervenne per riportarlo in vita.

I fratelli dopo poco si accorsero della presenza del ragazzo e provarono a ucciderlo per la seconda volta. Tessero un nuovo tranello, dicendo a Okuninushi di passare attraverso un albero diviso a metà in verticale (in realtà le due metà erano tenute separate da un ceppo di legno che, se rimosso, avrebbe portato le due metà dell'albero a rincontrarsi). Okuninushi pensò che si trattasse nuovamente di una prova di abilità per dimostrare ai fratelli il suo valore. Non appena pose un piede sul ceppo di legno che separava il tronco dell'albero, però, uno degli uomini diede un calcio all'oggetto e Okuninushi morì quindi schiacciato tra le due metà dell'albero.

Il ragazzo fu riportato nuovamente in vita dalla madre, la quale comprese la pericolosità della situazione. Invitò quindi il povero Okuninushi a rifugiarsi presso Susanoo, dove conobbe la figlia della divinità, la principessa Suseri, di cui si innamorò.

Susanoo, preoccupato per il fatto che l'ospite potesse attirare alla sua dimora gli 80 fratelli iracondi, pianificò di ucciderlo. Invitò dunque Okuninushi a dormire in una stanza a suo dire speciale, ma che in realtà si sarebbe rivelata piena di serpenti. Tuttavia, con l'aiuto della bella principessa, il ragazzo ne uscì illeso. Lei, infatti, le donò una sorta di sciarpa che rendeva i serpenti meno aggressivi.

Susanoo non poté credere ai suoi occhi quando Okuninushi uscì vivo dalla stanza dei serpenti! Lo mandò quindi nella stanza degli insetti, da cui uscì illeso grazie allo stesso metodo suggerito in precedenza da Suseri. Infatti, anche in questo caso, la sciarpa magica ebbe un effetto calmante sugli animali che riposarono accanto al corpo dello sventurato ragazzo. Vedendo Okuninushi ancora vivo, Susanoo gli propose una sfida: doveva correre in terre lontane e scappare dalla freccia infuocata del suo arco.

Okuninushi, per amore della sua amata, accettò una sfida che sembrava impossibile. Così, la divinità invitò il ragazzo a correre, mentre lui tese l'arco e lasciò che la sua freccia ardente sfrecciasse nel cielo.

Il ragazzo, durante la sua affannosa corsa, si trovò con i piedi affondati nelle sabbie mobili. Nel frattempo, la freccia ardente lo raggiunse e la melma intorno a sé prese fuoco, proprio a causa del dardo della divinità. Mentre sembrava tutto finito, un topolino si avvicinò a Okuninushi e gli propose un indovinello. Sembrava che l'animale gli stesse dicendo che la terra sotto i suoi piedi fosse sottile e che nascondesse una sorta di sotterraneo. Il ragazzo comprese l'invito a saltellare e, sbattendo i piedi, cadde in una grotta dove fu protetto dalle fiamme.

Quando il fuoco si placò, Okuninushi uscì dalla grotta. Era di nuovo scampato alla morte. Il topo consegnò la freccia del dio a Okuninushi e questo si recò nuovamente da Susanoo. Escogitò allora un piano per non scatenare l'ira della divinità e fuggire con la sua amata.

Mentre Susanoo dormiva, il ragazzo legò i suoi capelli alla struttura del palazzo e poi lo rinchiuse dentro la sua stanza portando una pietra enorme di fronte all'ingresso. Quando uscì dal castello con la bella Suseri e depredando Susanoo delle sue ricchezze, il dio si arrabbiò moltissimo, ma si ritrovò impotente per via del tranello di Okuninushi.

Non potendo fare altro, Susanoo invitò a questo punto Okuninushi a usare le armi rubate al suocero per uccidere gli 80 fratelli. Gli ordinò poi di creare un palazzo che toccasse il cielo e di proteggere sempre la figlia.

Okuninushi obbedì agli ordini. Si recò presso la reggia della principessa Yakami e uccise uno a uno tutti i fratelli. Dopodichè, condusse la sua bella sposa in un luogo sicuro e lontano da altri nemici, dove costruì un gigantesco palazzo visibile a chilometri di distanza.

Dopo aver portato a termine queste imprese, divenne il primo proprietario terriero, e principe, di Izumo. Secondo il pantheon shintoista Okuninushi è la divinità dei contadini, degli affari e della medicina oltre che protettore del matrimonio e signore del mondo degli spiriti. A lui è dedicato il Grande Tempio di Izumo (Izumo-taisha o Izumo Oyashiro), oggi visitabile nella prefettura di Shimane.

Questo sovrano verrà soppiantato solo da Ninigi, la cui vicenda verrà raccontata nel prossimo paragrafo.

Il mito di Ninigi no Mikoto

Ninigi no Mikoto era il nipote di Amaterasu e bisnonno del primo imperatore giapponese, Jinmu. È importante conoscere il mito di questo coraggioso dio, in quanto spiega le origini del primo imperatore Giapponese Jinmu. Il suo regno sarebbe cominciato intorno al 660 a.C e si pensa che la sua discendenza sia diretta dalla dea del Sole Amaterasu.

Il nome completo di Ninigi no Mikoto indica proprio la sua discendenza divina, in quanto si può tradurre con Il grande dio Ninigi, dello Stato Imperiale, Il Figlio del Sole dai Molti Talenti.

Secondo la leggenda, Ninigi venne generato dall'unione di Amenooshihomimi, primo figlio di Amaterasu e nato dalla competizione con suo fratello Susanoo (ricordi la gara con la spada e la collana?), e Takuhadachiji-hime, figlia di Takamimusubi, dio dell'agricoltura. Si dice che sia stato proprio il nonno a crescerlo e ad infondere il suo buon cuore.

La dea Amaterasu chiamò a sé suo figlio Amenooshihomimi per chiedergli di scendere sulla terra e porre fine al governo di Okuninushi nella terra di Izumo, il quale era piuttosto travagliato. Tuttavia, quello si rifiutò perché temeva la presenza dei kami sull'isola, i quali tendevano trappole continue a chi passasse in quella zona.

La dea fu così costretta a chiedere la stessa cosa al giovane Ninigi no Mikoto, in quanto si trattava del suo parente più prossimo. Il ragazzo accettò senza indugi.

La dea Amaterasu mandò quindi suo nipote sulla terra per porre fine ai disordini. Gli concesse i tre tesori dell'imperatore, in modo che li utilizzasse a suo favore per combattere il male. La dea mandò anche tre kami al seguito di Ninigi affinché lo proteggessero. Altre versioni del mito dicono che Amaterasu avesse dato a Ninigi anche una spiga di riso per insegnare le tecniche agricole e dare da mangiare alle persone.

La sua discesa viene oggi chiamata tenson kōrin, letteralmente discesa dal cielo, e viene riconosciuta come il momento in cui un dio riportò l'ordine sulla Terra.

Nel tragitto, Ninigi si fece affiancare anche da un quarto kami, il quale possedeva il dono del fuoco all'interno del suo corpo che rendeva i suoi occhi pieni di fiamme. Alcune versioni parlano anche di cinque kami che sarebbero poi diventati gli antenati di molti clan quali Sarume, Nakatomi, Inbe.

Appena dopo la discesa sulla Terra, Ninigi incontrò la bellissima principessa Konohanasakuya, la Principessa dei Fiori, figlia di Ohoyamatsumi, una divinità della montagna. Ninigi se ne innamorò perdutamente fin da subito e il padre della bella fanciulla fu disposto a concederla in sposa al nipote di Amaterasu.

L'uomo offrì in sposa anche la seconda figlia a Ninigi. La ragazza, la Principessa delle Pietre Iwanaga, però, non era per niente bella e Ninigi la rifiutò. Il padre delle fanciulle, ovviamente, si infuriò con il giovane che aveva accettato solo una delle figlie, affermando che Ninigi avesse scelto di creare una vita florida come un fiore, ma non duratura come una roccia.

Disse quindi al giovane che, rifiutando Iwanaga, avesse privato i suoi discendenti dell'immortalità. La sua vita e quella dei suoi figli sarebbe stata dunque fugace, proprio come i fiori. Ninigi non diede molto peso a questa affermazione, in quanto poté comunque sposare la sua adorata amante.

I due si sposarono e subito Konohanasakuya restò incinta. Tuttavia, il marito accusò la moglie di averlo tradito con altri uomini. Infatti, vi era la credenza che una donna non potesse rimanere subito incinta dopo la prima notte di nozze. Il fatto che Konohanasakuya aspettasse un bambino dopo così poco tempo portò Ninigi a pensare che i figli non fossero davvero suoi.

Per dimostrare che si trattava dei figli di una divinità, Konohanasakuya partorì in una stalla a cui poi diede fuoco con i tre bambini dentro. I piccoli si salvarono miracolosamente e presero i nomi di Hoderi, Hosuseri e Hoori.

Hoderi mostrò fin da piccolo le sue abilità nella pesca e divenne il Principe del Mare; Hoori era il più giovane dei tre e divenne un abile cacciatore, sempre in compagnia del suo infallibile arco.

Un giorno, i due fratelli decisero di scambiarsi, per un breve periodo, i rispettivi arnesi, l'arco e la canna da pesca. I due fallirono nelle attività designate al rispettivo fratello: infatti, l'uno si rivelò un pessimo arciere, mentre all'altro le cose andarono decisamente peggio. Hoori perse l'amo magico di Hoderi in mezzo al mare, scatenando l'ira del fratello. Hoori, desolato, si recò sulla spiaggia per ritrovare il magico oggetto del fratello, ma si arrese presto in lacrime quando capì che non avesse speranze di ritrovarlo. A questo punto, si manifestò un dio.

Questo, sotto le spoglie di un vecchio di nome Shihotsuchi, gli consigliò di recarsi presso il palazzo abitato dal Signore del Mare Watatsumi. Hoori non poté credere ai suoi occhi, ma decise comunque di ascoltare i consigli dell'anziano. Quindi, i due costruirono una piccola imbarcazione e Shihotsuchi diede al ragazzo le indicazioni per raggiungere il palazzo sommerso.

Con la sua imbarcazione appena finita, Hoori prese il largo.

Una volta arrivato al palazzo, Hoori rimase stupito della bellezza del gigantesco castello marino, creato con coralli e cristallo. Il ragazzo si innamorò perdutamente della figlia di Watatsumi, Toyotama, la quale, però, era in realtà uno spaventoso drago marino con le sembianze di una meravigliosa fanciulla. Inizialmente, Hoori non conobbe il mostruoso segreto della donna e la sposò.

Dopo tre anni passati nel palazzo del Dio del Mare, Hoori si lasciò prendere dalla nostalgia di casa e raccontò alla sua nuova famiglia ciò che era successo con il fratello. Watatsumi radunò tutti i pesci del suo regno e chiese loro se sapevano dove fosse l'amo.

Uno di questi segnalò, giorni dopo, un fastidio alla gola ed emerse che si trattasse proprio dell'amo magico conficcato nella sua trachea. Dopo che l'amo fu estratto, a Hoori venne concesso di tornare sulla terraferma per consegnare l'oggetto al fratello. Prima di partire, però, Watatsumi consegnò due gioielli al genero: si trattava delle perle dell'Alta e della Bassa Marea, le quali avrebbero permesso a Hoori di controllare le attività di Hooderi come punizione per averlo cacciato.

Quando il ragazzo raggiunse la terraferma, Hooderi non volle perdonarlo per aver perso il suo amo e lo allontanò da casa. Hoori, come punizione, per anni intervenne nell'irrigazione dei campi di riso del fratello, i quali furono a volte inondati, altri lasciati in siccità. Hoderi provò ad attaccare Hoori, il quale, però, lo travolse con un'onda anomala, uccidendolo.

Una volta conclusa la disputa tra i fratelli, Toyotama raggiunse il marito sulla terra e rimase incinta. Siccome al momento del parto sapeva che, per un breve periodo, avrebbe assunto l'aspetto di un drago, chiese al marito di non assistere alla nascita dei figli. Si rintanò in una capanna e cominciò il travaglio.

Tuttavia, Hoori non riuscì a resistere e sbirciò. Ciò che vide lo sconvolse, tanto che fuggì in preda al terrore e la moglie, rimasta sola e avvolta nell'imbarazzo, lasciò il piccolo nelle mani della sorella, Tama.

Quando il bambino crebbe, sposò la zia, da cui ebbe quattro figli: Itsuse, Inahi, Mikenu e Wakanikenu. Quest'ultimo diventerà poi Jimmu, il primo Imperatore del Giappone.

KAMI

Kami, in giapponese, è utilizzato per indicare qualsiasi essere o oggetto soprannaturale. Non si tratta sempre di divinità, ma anche di spiriti o entità mistiche. In generale, si può dire che il termine Kami si riferisca a qualcosa che va adorato, a tutte le cose meravigliose che possiedono dei poteri.

Nello shintoismo e nel buddhismo sono indicati come Kami anche i defunti. Tuttavia, gli spiriti riconosciuti in generale dalle due religioni sembrano essere in totale 8 milioni. Questi possono essere entità buone o malvagie a seconda del mito in cui sono illustrate.

Il lato rude dei kami viene indicato con il termine aramitama che si può addolcire solo attraverso rituali e funzioni. A quel punto, emerge il lato nigi mitama del kami, quello gentile. La dimostrazione di un lato violento da parte dei Kami è strettamente legata all'adorazione: se questa è lieve, lo spirito potrebbe ribellarsi con una maledizione.

I Kami si dividono in due gruppi, principalmente: quelli della natura e quelli della cultura. Al primo gruppo appartengono i Kami celesti, ovvero quelli collegati ai fenomeni atmosferici, e quelli terrestri, che includono la deificazione di forme geologiche (montagne, foreste, animali…).

I Kami della cultura sono quelli venerati dalle comunità con il fine di protezione della vita sociale, ma anche quelli legati alle fasi della crescita, dell'invecchiamento, oppure quelli legati all'esaltazione della vita e alla celebrazione dei defunti. Questi ultimi, per esempio, prendono il nome di Kami Umami.

Gli esseri umani diventano dei Kami dopo la morte, in quanto il loro spirito si separa dal corpo.

I Kami abitano un'esistenza complementare che prende il nome di Shinkai, ovvero il mondo dei Kami. Gli imperatori del Giappone dovrebbero essere dei discendenti di alcune di queste entità e quindi possedere delle origini divine.

Vediamo ora, nei prossimi paragrafi i principali Kami che si incontrano nella mitologia giapponese.

I miti legati a Ebisu

Ebisu è una divinità giapponese spesso indicata anche con gli appellativi Webisu, Hiruko o anche Kotoshiro nushi no kami. Nella religione shintoista è il kami protettore dei pescatori e dei mercanti, ma anche il dio della buona sorte e della salute dei bambini.

Pensando alla conformazione geografica del Giappone, non è difficile immaginare che Ebisu sia molto venerato nel paese. Infatti, come detto nell'introduzione, il Giappone è il massimo esportatore e consumatore di pesce in tutto il mondo.

Nell'iconografia giapponese viene rappresentato con vesti da pescatore e un cappello, il Kazaori Eboshi. In una mano tiene una canna da pesca e nell'altra un grosso pesce. È sempre sorridente e la sua stazza è robusta, con il viso coperto di barba o baffi.

Ebisu fa parte delle Sette Divinità della Fortuna insieme a Daikokuten (Dio dell'abbondanza e ricchezza), Bishamonten (Dio della guerra), Benzaiten (Dea della bellezza, della musica e di tutto ciò che scorre), Fukurokuju (Dio della buona sorte e della lunga vita),

Jurōjin (Dio della conoscenza e della longevità) e Hotei (Dio della felicità).

Tra queste divinità, Ebisu è l'unica ad avere origini strettamente giapponesi. Le altre, infatti, proverrebbero da culti indiani e cinesi. Un tempo queste divinità venivano adorate singolarmente, ma poi si radicarono nella tradizione giapponese e furono accettate tutte nei culti shintoisti.

Tornando a Ebisu, secondo la leggenda, la divinità sarebbe il primo figlio di Izanagi e Izanami, quello che la coppia decise di lasciare in mare per via delle sue orrende fattezze.

In alcune versioni del mito, si narra addirittura che fosse nato senza le ossa, in altre senza gli arti, proprio a causa della trasgressione perpetrata tra i due fratelli.

Il piccolo, abbandonato a bordo di una barca, senza forze e capacità di muoversi, approdò a Ezo, che oggi viene indicato come l'Hokkaido. Qui fu preso in custodia da Ebisu Saburo, un Ainu, ovvero un indigeno giapponese.

Nel periodo in cui risiedette con gli indigeni Ainu, a Ebisu crebbero le gambe e le braccia. Imparò così l'arte della pesca, una delle poche attività che il suo corpo debole gli consentiva di svolgere. Tuttavia, nonostante le disabilità, Ebisu fu sempre sorridente e quindi indicato come il dio della buona sorte.

C'è da avanzare una precisazione riguardo a questa versione della leggenda di Ebisu: il dio dei pescatori potrebbe non coincidere con il figlio di Izanami e Izanagi, il quale viene spesso indicato con il nome Hiruko. La confusione tra i due dei nascerebbe da un errore nella scrittura dei due nomi, in quanto richiedono degli idiomi molto simili.

Un'altra spiegazione per questo errore è da ricondurre alle origini della civiltà giapponese. L'isola era infatti abitata da una razza barbarica nota come Ebisu o Emisu, che significava "barbaro". L'imperatore Jimmu pose sotto il suo controllo queste popolazioni, le quali adoravano Hiruko no mikoto, la divinità reietta iglia di Izanagi e Izanami e quindi gli storici confusero spesso la popolazione con il loro dio.

Ebisu è solitamente custodito nel kamidana di ogni casa di pescatori, ovvero un altare dove onorare le proprie divinità. Esistono poi tantissime leggende su questa divinità tra le persone che vivono dei prodotti del mare: alcuni affermano che Ebisu riesca a manifestarsi in alcuni pesci, come le orate o le balene. Altri, soprattutto nell'antichità, affermavano che i cadaveri che raggiungevano le spiagge fossero in realtà delle manifestazioni della divinità. Se questi venivano tratti in salvo e correttamente sepolti, avrebbero portato fortuna ai pescatori.

Il mito di Kagutsushi e la sua nascita

Kagutsuchi è il Kami dio del fuoco. Si tratta della divinità già accennata nel mito di Izanagi e Izanami, ovvero quello che provocò la morte di quest'ultima durante il parto. Preso dall'ira per la morte dell'amata sorella, Izanagi aveva prima decapitato il figlio con la sua spada Ame no Ohabari e poi lo aveva fatto a pezzi. Ogni parte del corpo di Kagutsuchi si era così trasformata in un vulcano e in un relativo Kami protettore delle montagne.

Dal sangue di Kagutsuchi, inoltre, secondo la leggenda, erano nate le otto divinità del drago.

La vicenda di questo Kami non ha suscitato particolare interesse nella letteratura giapponese, tanto che il suo mito è legato solo alla nascita. Ciò che sappiamo di Kagutsuchi è che è fatto di fuoco vivo, tanto da ardere viva la madre durante il parto.

Dalle ustioni di Izanami provocate dal figlio si generano poi degli altri Kami, come la dea dei metalli o quello della terra.

Tuttavia, proprio a causa della sua morte, Kagutsuchi non compare più nella mitologia giapponese. La divinità del fuoco, inteso come strumento che offre calore e per lavorare i metalli, diventa quindi Kojin.

Kannon e il mito del cervo

Kannon è la dea buddista giapponese della misericordia. Oggi è possibile visitare un bellissimo tempio a lei dedicato, ovvero il Senso-ji di Asakusa. Viene spesso rappresentata nell'iconografia come una donna bellissima, ma può anche assumere diverse forme. Per esempio, nelle opere d'arte indiane, suo luogo di origine, la troviamo raffigurata come una dea dalle cento braccia.

Il suo viso è spesso ritratto con un bel sorriso, eternamente giovane, tanto che viene spesso indicata come la Madonna Giapponese. Spesso viene anche raffigurata con accanto un cavallo o con una forma equina nella tiara che porta sul capo. Questo lascia intendere che, nella religione shintoista, Kannon sia la protettrice del bestiame e, in particolare, dei cavalli.

Il mito di Kannon nasce in Cina, dove la candida dea prende il nome di Kwanjin. Secondo la leggenda, era figlia del re della dinastia Chow. Quando suo padre le impose di sposarsi per portare avanti il nome della famiglia, lei si rifiutò e fu condannata a morte. Tuttavia, al momento dell'esecuzione, si narra che la spada si ruppe in mille pezzi e che la ragazza morì restando comunque bellissima.

Kannon discese allora negli inferi, dove la sua bellezza fu accolta con sorpresa. I Kami nel regno dei morti non accettarono che una così meravigliosa creatura si trovasse in un luogo così cupo. La giovane venne allora rimandata sulla terra e si reincarnò nuovamente nel suo corpo

Tuttavia, il mito più famoso legato alla figura di Kannon è certamente quello del cervo. Un eremita di nome Sain Zenji costruì la sua dimora presso il Monte Nariai per poter ammirare la bellezza del promontorio Ama no Hashidate.

In questo luogo, l'eremita eresse un piccolo santuario dedicato a Kannon vicino a un pino. Ogni giorno si recava a pregare e a rendere onore alla statua della dea che aveva posto al suo interno.

Durante il terribile inverno che sopraggiunse, egli rimase bloccato senza cibo nella sua dimora, in quanto la neve aveva occluso qualsiasi passaggio. Neanche gli abitanti del villaggio più vicino poterono raggiungerlo, in quanto ogni strada era bloccata.

L'eremita non aveva più speranze di sopravvivere. Stremato dalla fame, uscì di casa per pregare al tempio e chiedere del cibo. Poi, un giorno, si accorse di un povero cervo morto nella neve, proprio davanti al santuario di Kannon. Nella mitologia giapponese, il cervo è l'emblema di jurojin, ovvero della longevità, ed è riconosciuto tra le sette divinità della fortuna.

Così, l'eremita pensò che fosse oltraggioso mangiare una bestia defunta e divina proprio davanti alla protettrice degli animali. Preso dalla fame, comunque, decise di rendere omaggio alla dea per il dono.

Compiuto il rito di gratitudine, fece a pezzi l'animale e lo cosse. Ne mangiò solo una parte, mentre l'altra la lasciò nella pentola, di fronte al santuario.

Quando la neve si sciolse, il giorno successivo, il vecchio era sopravvissuto, con la sorpresa degli abitanti dei villaggi confinanti.

Tuttavia, scoprì che nella pentola non vi era più la carne del cervo, ma un ramo coperto di foglie d'oro. L'eremita capì quindi che il cervo non fosse solo un animale, ma la personificazione di Kannon che si era resa manifesta per consentirgli di sopravvivere all'inverno.

Dopotutto, come già detto, Kannon è la dea della misericordia ed è sempre propensa ad aiutare le persone buone di cuore.

Raijin e Fujin

Nella mitologia Giapponese, Raijin e Fujin sono le divinità del meteo. Il primo è la divinità del Tuono, il secondo del Vento.

Fujin è una divinità buddhista che, però, non mostra i classici tratti sereni e pacifici della religione. Anzi, ha l'aspetto di un mostro dalla pelle verde e gli occhi rossi e porta sempre con sé una sacca che tiene con entrambe le mani.

Probabilmente, viste alcune somiglianze con il dio Dioniso, come le vesti che indossa, le origini di Fujin sarebbero occidentali. Dobbiamo sempre tenere presente che in tempi antichi avvenissero molti scambi attraverso la via della Seta e che le due culture spesso si influenzassero.

Raijin, invece, è un kami violento che esprime le sue pulsioni attraverso tuoni e fulmini (kandachi), molto comuni durante le frequenti tempeste che si abbattono sul Giappone. Nonostante questa violenza, gli agricoltori hanno reso questo kami un oggetto di culto, in quanto consente ai campi di riso di essere sempre irrigati.

In altre zone del Giappone, invece, il dio Raijin è considerato malevolo per le piantagioni e quindi è usanza comune apporre delle lance appuntite attorno ai campi.

Questo Kami è anche associato agli spiriti vendicativi delle persone morte per complotti politici e sarebbe quindi sempre considerata un'entità malvagia e rancorosa.

Il suo aspetto è demoniaco e tra le mani tiene una frusta e un tamburo, strumenti che gli servono per produrre i tuoni. Ha la pelle completamente rossa e delle grosse zanne che escono dalla bocca. È spesso raffigurato insieme a un lupo di nome Raiju che prende la forma di fulmini per raggiungere la terra e spaventare gli abitanti.

I fratelli Raijin e Fuijin, creati da Izanagi e Izanami, sono spesso raffigurati in lotta. Entrambi, per la loro natura demoniaca, erano nemici di Buddha. La leggenda dei due fratelli nascerebbe infatti dalla cultura Cinese, che ci racconta di anni di lotta tra i due e il monaco che si concludono con la purificazione dei fratelli.

Un'altra leggenda legata a Raijin e Fujin li vede in combutta per capire chi sia il più forte. Fujin stacca un braccio al fratello, il quale non riesce più a suonare i suoi tamburi. È Amaterasu che consente al demone di riottenere il suo arto e continuare ad avere un ruolo nella vita naturale della terra.

Il mito di Hachiman

Hachiman è figlio di Jingo, l'imperatrice del Giappone, e Chuai, l'imperatore del Giappone. Quando entrambi i genitori morirono, prese il controllo del paese portandolo a una meravigliosa fioritura.

Quando alla fine morì in tarda età, fu sepolto in un elaborato tumulo funerario, ma durante la cerimonia, avvenne un forte terremoto. Così, il suo spirito divenne una divinità e ascese nel paradiso. Amaterasu gli offrì il potere di proteggere il popolo giapponese.

Questo compito prevedeva anche il controllo delle attività militari dei guerrieri. Durante le invasioni mongole nel Medioevo, Hachiman evocò una potente tempesta che uccise gli invasori e distrusse le loro navi.

Il suo potere fu così maestoso che tutto il Giappone cominciò ad adorarlo come dio della guerra, ma anche salvatore dell'economia locale e dei contadini.

L'adorazione del dio della guerra portò il Giappone a nuovi conflitti e all'ira della dea Amaterasu. Hachiman uscì dal paradiso e creò il suo regno, portando con sé i suoi pochi fedeli rimasti sulla Terra. Da qui, Hachiman assiste i soldati giapponesi nelle loro operazioni militari ancora oggi.

Il mito di Inari

Più avanti tratteremo in modo approfondito il ruolo della volpe nella mitologia giapponese. Per ora, affrontiamo il mito di Inari, dio del riso, associato spesso alla mutevolezza tipica della volpe. Viene infatti raffigurato sia come uomo che come donna, come un uomo anziano che porta del riso, una giovane dea del cibo, un monaco ecc.

Inari può apparire anche in forma di serpente o drago, ma anche sotto forma di ragno, come riportato in alcuni racconti della mitologia giapponese. Tuttavia, anche se Inari viene associato alla volpe, il suo animo è buono: ha il potere di placare i malanni di stagione e di proteggere i bambini durante le sfide più dure per diventare grandi.

Affrontiamo ora un mito legato a Inari: un giorno, una donna pregò al tempio di Inari affinché la divinità le concedesse un figlio. Come segno propiziatorio, Inari mandò una nevicata sul tempio e la donna tornò a casa speranzosa.

Nel cammino, trovò un mendicante. Aveva molta fame e la donna decise di portarlo alla sua dimora e preparargli un piatto di riso con i fagioli. L'uomo mangiò e sparì portandosi via il piatto. Il marito della donna, il giorno dopo, lo ritrovò vuoto presso il tempio di Inari, capendo che, in realtà, il mendicante era il dio. Così, la coppia fu benedetta dalla nascita di uno splendido bambino.

Benzaiten, a volte Benten, e il mito della fonte

Benzaiten, anche nota come Benten, è la dea del mare. Come Ebisu, fa parte delle Sette divinità della Fortuna e viene spesso riconosciuta come la dea dell'amore. Di solito viene raffigurata a cavallo di un drago o di un serpente, in generale di un rettile, con ben otto braccia.

Due delle otto braccia sono raccolte in preghiera, mentre tutte le altre stringono un'arma, come archi, spade o anche gioielli sacri. Le sue origini dovrebbero essere o indiane o cinesi ed è per questo che assomiglia molto ad altre divinità del buddhismo o dell'induismo come la dea Kannon, in compagnia della quale Benten viene spesso raffigurata.

Tuttavia, le immagini di Benten sono molto più comuni nelle isole del Giappone e il suo culto è più diffuso rispetto che in altre zone dell'Asia.

Non mancano miti legati alla figura di Benten nella letteratura giapponese, anche se il più famoso è quello del Tanjo sui, ovvero della fonte di acqua.

Il mito parte dalla figura di Hanagaki Baishu, uno studente e poeta che partecipò al festival per la ricostruzione del tempio Amadera. Durante il suo pellegrinaggio verso il tempio, il giovane si avvicinò a una sorgente d'acqua per abbeverarsi. Tuttavia, scoprì che, a differenza dei suoi ultimi pellegrinaggi nella zona, ora quel luogo si era trasformato in uno stagno. Ai lati di quello che una volta era un ruscello limpido e invitante, vi erano dei piccoli cartelli con l'indicazione "Tanjo-Sui", ovvero Acqua della nascita.

In quel luogo sorgeva anche un piccolo tempio dedicato a Benten. Mentre Hanagaki si guardava attorno per scoprire cosa fosse successo alla sorgente, un soffio di vento spinse ai suoi piedi un poema scritto da una mano femminile. Si trattava di un pezzo di carta finemente curato, dalla calligrafia meravigliosamente elegante. Le parole erano delicate, mentre l'inchiostro sembrava ancora fresco.

Dopo aver letto e riletto il poema, l'uomo sentì di essersi innamorato dell'autrice e ritornò al tempio di Benten, implorando la dea di fargli conoscere la dolcissima fanciulla che aveva scritto quelle dolci parole. In cambio di quel grande favore, Hanagaki si offrì di prestare un servizio incessante al cospetto della dea. Infatti, giurò di tenere le funzioni religiose per sette giorni e di dedicare sette notti di incessante adorazione davanti al sacro altare.

Alla settima notte di servizio presso il tempio, Hanagaki udì una voce provenire dall'ingresso del luogo. Era quella di un uomo che indossava dei vestiti cerimoniali e con la testa avvolta in un cappuccio nero. Questo si inginocchiò ai piedi del tempio di Benten.

Misteriosamente, l'altra porta del monastero si aprì da sola, rivelando la figura di un ragazzo, il quale appellò il vecchio per trovare la fanciulla tanto desiderata da

Hanagaki. L'uomo procedette con una sorta di incantesimo: si inchinò, estrasse una corda dalla manica, la avvolse intorno al corpo di Baishu e accese un'estremità di una delle lanterne del tempio. Questo rito fece comparire una ragazza con il viso semicoperto da un ventaglio.

Il vecchio e il giovane scomparirono, lasciando i due amanti soli. Hanagaki ringraziò umilmente Benten e portò la fanciulla presso la sua abitazione, intrattenendo una lunga conversazione lungo il cammino. La ragazza dichiarò ad Hanagaki che, per volere della divinità, lei sarà sua moglie.

I due cominciano una convivenza da sposi e la fanciulla si rivelò un'ottima domestica, capace di prendersi cura della casa, di cucire, cucinare e abile nell'arte della composizione floreale. Tuttavia, Hanagaki notò che i vicini sembravano essere inconsapevoli della presenza della fanciulla, come se lei fosse invisibile.

Un giorno, mentre passeggiava nella città di Kyoto, venne avvicinato da un uomo che lo invitò nella dimora del suo padrone. Quest'ultimo narrò la sua vicenda: per trovare un buon marito alla figlia, aveva sparso in tutta la regione dei poemi su consiglio della dea Benten. La stessa divinità, dopo il suo romantico gesto, gli era apparsa in sogno prevedendo l'arrivo del marito nella città di Kyoto. Così, l'uomo si era incuriosito e aveva mandato il suo fedele servo in città per trovare una persona che coincidesse con la descrizione fornita dalla dea Benten nel sogno.

Hanagaki era quindi di fronte a suo suocero. Questo, entusiasta, si alzò e chiese al giovane di seguirlo nella camera adiacente. Qui, Beishu trovò sua moglie. Il giovane la guardò bene e notò degli aspetti diversi nel suo volto. Comprese quindi che quella comparsa nel tempio di Benten fosse solo l'anima della moglie che avrebbe poi condotto Hanagaki dalla sua vera moglie.

La dea Benten gli fece dunque dimostrare tutto il suo amore per lo spirito della donna per poi premiarlo con il matrimonio vero e proprio con la bellissima fanciulla delle poesie.

Così, i due si unirono in matrimonio e Beishu visse con il vero amore della sua vita.

Ryūjin e il mito di Urashimataro

Ryūjin è uno degli otto re drago, una creatura che custodisce il mare e ammaestra le serpi. È colui che causa le maree, grazie all'uso dei suoi preziosi gioielli, e rappresenta sia i pericoli che la generosità del mare.

Ryūjin può essere una forza sinistra o un sovrano gentile che aiuta gli eroi in difficoltà. Ce lo dimostra un mito che lo vede protagonista.

Il mito che riguarda Ryujin è quello del giovane pescatore Urashimataro. Un giorno, tanto tempo fa, nella provincia di Tango, un abilissimo pescatore scacciò dei bambini che stavano torturando una tartaruga. Poiché i ragazzini non ne volevano sapere di lasciarla stare, Urashimataro addirittura si offrì di pagare per salvarla.

Urashimataro non era infatti solo famoso nella zona per la quantità di pesce che riusciva a pescare in un giorno, ma anche per la sua bontà d'animo. Nella vita dimostrò sempre un immenso amore per la natura e, in particolare, per gli animali. La tartaruga salvata dalle grinfie dei pestiferi e riposta nelle acque del mare, come segno di gratitudine, si offrì di portare Urashimataro al palazzo del dio Ryujin. Si trattava infatti di una delle più meravigliose viste nell'intero universo.

Il pescatore fu dunque incuriosito e saltò sul guscio della tartaruga. Questa nuotò fino nelle profondità dell'oceano.

A palazzo, Urashimataro venne accolto con grandi festeggiamenti e gli venne donata una scatola di gioielli. Lo accolse la regina del palazzo, Otohime, che però, gli raccomandò di non aprirla. Lo invitò poi a un banchetto, dove centinaia di migliaia di pesci erano riuniti in festeggiamenti. Otohime confessò di essere la tartaruga dall'uomo salvata e propose a Urashimataro di diventare suo sposo.

L'uomo accettò ammaliato dalla bellezza del luogo e dei festeggiamenti. I due neosposi girarono per la reggia, mentre la principessa mostrava le meraviglie del mondo marino. Tuttavia, la nostalgia i casa si fece ben presto sentire e la principessa acconsentì a lasciarlo tornare sulla terra ferma.

Il pescatore portò via con sé la scatola di gioielli e, sul dorso di una tartaruga, raggiunse la sua isola. Giunto a casa, scoprì che nel mondo reale fossero cambiate tantissime cose: non trovò più la sua casa, né la sua barca. I suoi vecchi genitori sembravano scomparsi. Si rivolse dunque a una vecchia donna seduta in riva al mare. Quella gli raccontò che quando era bambina si narrava la storia di un pescatore di nome Urashimataro, scomparso nel mare oltre duecento anni prima. Il pescatore comprese dunque che la sua permanenza nel regno di Otohime si fosse protratta per troppo tempo e che non fosse rimasto nulla della sua vecchia vita.

Abbandonato e senza la sua casa, Urashimataro si recò sulla spiaggia e aprì la scatola, da cui fuoriuscì una nuvola bianca. Quella era la sua vecchiaia. Infatti, si ritrovò vecchio all'improvviso, tanto che morì immediatamente e il suo spirito rinacque sotto forma di gru che volò verso il palazzo di Ryujin.

Jizo e la leggenda delle cinque statue

Se ci si reca in Giappone, è molto facile imbattersi nelle iconiche statuette di Jizo. Si tratta di monumenti dalle parvenze simili a quelle di Buddha, ma con la particolarità che indossano un foulard o un cappuccio rosso.

Le statue vengono poste ai lati della strada in quanto di buon auspicio per i viaggiatori. Jizo Bosatsu, solitamente raffigurato in piedi e con un'espressione pacifica sul volto, gli occhi chiusi e l'iconico foulard, è considerato il protettore dei pellegrini.

Nella mano sinistra tiene il Mani, un gioiello che ha il potere di esaudire i desideri, mentre nella destra ha il Shakujo, un tipico bastone da monaco con in cima sei anelli e dei sonagli, usato per scacciare i piccoli predatori quando si passeggia in zone remote del Giappone.

Nella credenza popolare, Jizo è anche il protettore dei bambini. In particolare, si crede che protegga le anime di chi muore giovanissimo. Tanto è vero che nei cimiteri giapponesi non mancano le statue di Jizo sulle tombe dei piccoli.

Si crede che le anime dei bimbi morti dimorino nel Sai no Kawara, una sorta di Limbo orientale, dove questi spiriti passano il tempo a impilare pietre una sull'altra. Il gesto ha una motivazione: impilano pietre per colpire qualche traghettatore che consenta loro di passare nell'aldilà. Tuttavia, ogni sera le costruzioni di pietra cadono e bisogna ricominciare tutto da capo.

Per questo motivo, accanto alle tombe dei bimbi morti vengono lasciati dei piccoli sassolini, con la speranza che l'anima riesca ad essere traghettata nel paradiso.

In passato si credeva anche che le anime dei bimbi potessero in qualche modo reincarnarsi in altra vita e quindi le donne adornavano le statue di Jizo dei loro piccoli con bavagliette e accessori colorati, in modo che affrontassero meglio il viaggio verso una nuova vita.

Passiamo ora a scoprire il mito di Jizo.

In mezzo ai monti, vivevano un vecchio con sua moglie. Tutto il giorno lavoravano la paglia per fabbricare sandali. Li vendevano alle persone del villaggio e guadagnavano soldi in questo modo.

A Capodanno, il vecchio partì per il villaggio promettendo alla moglie che avrebbe guadagnato così tanto da poter preparare una gustosa torta di riso. Tuttavia, il tempo era pessimo, ma egli decise di partire lo stesso, salutando l'apprensiva moglie. Il suo obiettivo, infatti, era quello di vendere tutti i sandali fabbricati e regalare alla sua sposa una festa ricca di pietanze per accogliere l'anno nuovo.

Sulla strada, il vecchio passò davanti a cinque statue Jizo. Vedendole, si impietosì e si fermò a rimuovere la neve dalle loro teste. Chiese loro se avessero freddo. Trattandosi di statue, ovviamente, il vecchio non ricevette risposta e proseguì nel suo cammino.

Giunto in città, vendette molti sandali e capì che quello si sarebbe rivelato un Capodanno ricco. Tuttavia, non riusciva a togliersi dalla mente le cinque statue di Jizo in preda al freddo. Così, comprò cinque berretti e tornò presso di loro per donarli. Tuttavia, notò che si fosse aggiunto un sesto Jizo.

Pose i cappelli acquistati in testa a ogni statua. Rimaneva un sesto povero Jizo congelato e il vecchio si intenerì. Decise dunque di slegare dal suo collo il foulard rosso e glielo legò intorno alla testa. Una volta riscaldate le statue di Jizo, l'uomo si incamminò per andare dalla moglie.

Quando rientrò a casa la donna lo accolse, ma non vide né i sandali né il sacco contenente il riso per preparare la torta. L'uomo spiegò così il motivo per cui non aveva comprato il riso: aveva aiutato le sei povere statue di Jizo lungo il cammino perché stavano congelando. Lei non si arrabbiò, anzi, lodò il marito per il suo caloroso gesto.

Prepararono un semplice porridge, cenarono e poi andarono a dormire.

Verso mezzanotte, furono svegliati da uno strano rumore, come se qualcuno stesse trascinando un oggetto sulla neve. Il vecchio si svegliò e udì una cantilena che diceva:

Lassù, lassù c'è la casa dell'uomo

Lassù, lassù c'è l'uomo che ci ha dato i cappelli

Lassù, lassù c'è l'uomo che ci ha dato il suo tesoro

Quando la coppia raggiunse la porta per verificare ciò che stava accadendo all'esterno, rimasero sorpresi nel vedere le cinque statue di Jizo che indossavano cappelli di bambù e il sesto con indosso la sciarpa del vecchio.

Portavano con loro un grande sacco che trascinarono nella neve e posarono nel portico della casa. Poi si diressero nuovamente sulla strada e si appostarono ai suoi lati per proteggere i viaggiatori che passavano di lì. Il vecchio e la moglie diedero un'occhiata all'interno della sacca: vi era tanto riso da poterli sfamare per il resto della loro vita!

Questa storia è molto nota in Giappone con il titolo di Kasa Jizō. Viene tramandata dai genitori ai loro figli per insegnare loro il buon esempio e la generosità. In base alla regione di provenienza di chi la racconta ci sono delle piccole varianti, ma il fine ultimo di questa narrazione è quello di invitare i più piccoli ad essere sempre gentili, perché la bontà d'animo viene sempre ripagata.

EROI E GUERRIERI

Come nella mitologia classica occidentale, anche i giapponesi possiedono un loro sistema di eroi e guerrieri valorosi. Si tratta di esseri umani dotati di forza, intelletto, ma anche virtù come il rispetto per la natura e l'empatia.

Gli eroi giapponesi conoscono l'arte della guerra, ma sono anche servizievoli e spirituali. Questo perché l'archetipo del guerriero giapponese è certamente la figura del samurai. Questi erano coloro che servivano la nobiltà, come abbiamo già visto.

I samurai, come i guerrieri mitologici, seguivano un codice chiamato bushido, letteralmente via del guerriero: accettano la morte e la sofferenza, ma cercano sempre l'autoperfezionamento e l'elevazione culturale. Tra i sette pilastri di questo codice vi sono anche la compassione, la cortesia, l'onore e la sincerità.

Le narrazioni mitologiche mettono ben in mostra il modo con cui questi eroi agiscono e sconfiggono il male.

Il mito di Yorimasa e il Nue

Il Nue è uno Yokai, una classe di mostri più o meno simili a fantasmi che approfondiremo nei prossimi capitoli. È una creatura multiforme con la testa di una scimmia, le zampe di tigre, il corpo di cane e la coda di serpente.

Si dice che il Nue abbia la capacità di mutare forma, spesso di trasformarsi in una minacciosa nuvola nera, e di emettere un suono agghiacciante con la bocca.

Quando questa oscura nuvola nera passò nelle vicinanze del palazzo dell'imperatore Nijō, il 78° del Giappone, nel periodo Heidan, questo cominciò a stare male. Nessuno riusciva a curarlo, neanche i migliori dottori del paese. Il sovrano si dimenava ogni notte in preda agli incubi, mentre di giorno non si reggeva in piedi. Nessuno riusciva a curare il suo malessere e così si riunì il consiglio di corte.

I cortigiani decisero dunque di cercare un abile eroe che comprendesse cosa stesse succedendo all'imperatore e che si occupasse di combattere qualsiasi maleficio che gravava sul sovrano. Venne designato, per il compito, il valoroso

Minamoto no Yorimasa. Egli è un personaggio realmente esistito, nato nel 1106 e morto nel 1180. Era un poeta e valoroso guerriero che servì otto diversi imperatori.

Partecipò a numerose battaglie durante la sua lunga carriera di combattente, senza mai schierarsi apertamente in politica. Tra queste, dimostrò le sue abilità di guerriero nella ribellione di Hōgen e Heiji e nella famosissima Battaglia di Uji. Era molto colto e adorava dedicare poesie alla natura.

Secondo la leggenda, Minamoto no Yorimasa fu dunque scelto dalla corte di Nijō per sconfiggere il maleficio caduto sull'imperatore. Già si sospettava che si trattasse del terribile Nue, portatore di disgrazie. Decise di preparare le sue armi migliori e di attendere l'arrivo della spaventosa nuvola nera.

Mentre aspettava, il cielo divenne scuro e cominciò una terribile tempesta. Nel gruppo di nuvole nelle che invadeva il cielo, Yorimasa poté distinguere una creatura composta da più parti di animali. Comprese che si trattasse del Nue e si preparò a combattere. Estrasse l'arco dal feretro e scagliò la sua prima freccia verso l'alto e un terribile mostro, il Nue nella sua forma originale, si manifestò.

Il mostro cadde sulla terra e si scagliò contro l'eroe che rispose prontamente con l'uso della sua katana. Dopo una dura lotta, Yorimasa riuscì a uccidere il Nue e a spellarlo. Consegnò poi il manto all'imperatore, il quale riacquisì la sua salute già dal giorno successivo. Egli regalò all'eroe una spada di nome Shishi-wo, una tachi, come segno di ringraziamento. Questo modello di spada in Giappone veniva utilizzato dalla fanteria. Era l'arma principale dei guerrieri di alto rango facenti parte di quella che sarebbe diventata la classe dirigente dopo il periodo feudale.

Inoltre, fu dato in moglie alla donna più bella dell'impero, Lady Ayame.

Il mito di Tawara Toda e il millepiedi

Tawara Tōda era un eroe molto coraggioso, noto fin dalla nascita come Fujiwara Hidesato. Cambiò nome a seguito di un'avventura che gli permise di diventare noto in tutto il Giappone e che gli consentì di dimostrare le sue abilità di guerriero. Un giorno, Hidesato decise di andarsene, stanco della monotonia della sua dimora nella provincia di Omi. Così, preparò le sue cose e partì per la sua avventura senza una meta precisa.

Giunto presso il lago Biwa, si rese conto che ci fosse un unico collegamento con l'altra sponda. Provò ad attraversarlo, dirigendosi verso il ponte Seta no Karashi che, secondo la leggenda, nessuno riusciva a oltrepassare. Hidesato si rese poi conto del motivo: il ponte era custodito da un gigantesco drago con gli occhi pieni di fiamme e il corpo ricoperto di squame.

La creatura stava riposando in tutta la sua possenza ed emanava fuoco e fumo dalle narici.

Nonostante il timore nei confronti della bestia, Hidesato sapeva che, se non avesse oltrepassato il lago, avrebbe dovuto vivere nella monotonia. Così, passo dopo passo, attraversò il ponte passeggiando sulla schiena della belva che non si mosse di un centimetro.

Quando giunse sull'altra sponda si voltò. Il drago era misteriosamente sparito, mentre al suo posto vi era un anziano uomo. Portava i capelli rossi e lunghi ben oltre le spalle, un vestito verde ornato da conchiglie e una corona a forma di drago attorcigliato.

Si presentò come il Dragone Re del Lago, capace di mutare forma e trasformarsi in una gigantesca e spaventosa belva rettiliana. Egli si complimentò con Hidesato per il coraggio dimostrato poco prima sul ponte. Gli confessò di essere stato in quel luogo per giorni e che nessun altro guerriero avesse avuto il coraggio di camminare sulla sua schiena per raggiungere l'altra sponda. Quella di riposare sul Seta no Karashi era una strategia del Dragone Re del Lago per trovare un eroe tanto audace da sconfiggere un temibile millepiedi che minacciava la sua dimora. La scelta cadde proprio su Hidesato e il vecchio quasi lo pregò in ginocchio affinché lo aiutasse.

Hidesato, di fronte a quella scena, non riuscì a negare il suo sostegno alla divinità. Così, i due nuotarono fino alla dimora del Dragone, dove il millepiedi si ripresentava saltuariamente per uccidere uno dei suoi cortigiani o addirittura i suoi figli.

Il Re Dragone condusse l'eroe sul versante di un monte. Giunti alla tana del millepiedi, i due notarono delle enormi sfere infuocate. Erano gli occhi del mostro. Hidesato tese l'arco e scoccò una freccia rivolta in mezzo alle due palle di fuoco. Tuttavia, il dardo rimbalzò indietro e il mostro non si mosse. Provò dunque una seconda volta, ma il risultato fu lo stesso. Dunque, estrasse una terza freccia e seguì una vecchia leggenda secondo cui la saliva degli esseri umani provocasse convulsioni e anche la morte delle creature mostruose.

L'eroe scelse così di inumidire la freccia con la saliva, sapendo che le entità malvagie non sopportassero questo liquido. Tese l'arco e mirò in mezzo ai due occhi, la freccia trafisse la pelle del mostro e questo cadde scosso da tremori e convulsioni.

Il cielo si coprì quindi nubi oscure che scatenarono una violenta tempesta, mentre il corpo del millepiedi si dissolse nel terreno. Per tutta la notte Hidesato restò di guardia per assicurarsi che la famiglia del Re Dragone fosse al sicuro dalla tempesta. Il giorno dopo, tornò a splendere il sole.

Il male era stato sconfitto e Hidesato fu riconosciuto da tutti con il nome di Tawara Tōda, un gioco di parole che indica una cesta di riso, uno tra i quattro doni del Re del Lago per il valoroso eroe.

La leggenda di Benkei e Youshitune

Saitō Musashibō Benkei era un guerriero abilissimo, con poteri quasi sovrumani. Benkei fu al servizio di Minamoto no Yoshitsune per tantissimi anni, servendo fedelmente il suo signore e rispettando il codice dei valorosi samurai.

Le sue origini sono ancora oggi molto incerte: qualcuno pensa che sia figlio di una violenza sessuale, mentre altri affermano che si tratti di un semidio, tanto da conferirgli il nome di Oniwaka, "figlio di un demone". I suoi poteri si manifestarono già alla sua nascita: nacque già con dei lunghi capelli e con i denti, mentre era in grado di correre veloce come il vento.

Benkei aveva una stazza enorme, era in grado di sconfiggere qualsiasi nemico con il solo uso delle sue mani e di intimorire chiunque osasse sfidarlo. Si dice addirittura che fosse un monaco scacciato da un monastero buddista per via della sua natura bellicosa. Inoltre, sembra che il guerriero avesse rotto il codice del monastero invitando una fanciulla di cui si era innamorato. Benkei si rifugiò nella foresta, costruendo un santuario tutto suo. La sua doppia natura è sorprendente: da un lato era un guerriero assetato di sangue, pronto a uccidere qualsiasi nemico, dall'altro, faceva questo con una calma degna di un monaco.

Benkei, aveva chiesto a un armaiolo molto famoso di costruirgli un'armatura in cambio di mille spade. Si appostò quindi sul ponte di Gojo a Kyoto, sfidando a duello chiunque l'attraversasse e sottraendogli la spada. Era arrivato a 999, quando si presentò Yoshitsune.

Yoshitune: nato dall'unione tra Tokiwa e Yoshitomo, del clan Minamoto, non ebbe un'infanzia semplice. Il padre venne ucciso dal clan Taira quando lui era molto piccolo e la madre fu costretta a sposare il leader del clan, Kiyomori, per salvare suo figlio.

Il piccolo crebbe poi in monastero, acculturandosi e facendo germogliare un lato molto coraggioso. Da subito, volle diventare un guerriero per sconfiggere il clan Taira.

Dopo aver espresso questo desiderio, una notte, fu colto di sorpresa da un'entità demoniaca che si presentò come il Re dei Tengu. Aveva la pelle rossa e un lungo naso. I Tengu sono degli yokai, talvolta considerati divinità, che possono assumere molteplici forme, ma sono raffigurati perlopiù come uomini-uccello, dotati di un lungo naso prominente o di becco, con ali che spuntano dalla parte alta della schiena e capelli spesso rossi. I Tengu sono abilissimi spadaccini.

I Tengu abitano le montagne del Giappone e sono divisi in caste. Si tratta di creature alle volte benefiche, altre volte malefiche, ma la loro caratteristica principale è quella di saper fare degli scherzi simili a quelli perpetrati dalla divinità Susanoo. Infatti, secondo alcune teorie, queste creature discenderebbero proprio dal dio degli oceani.

Tra questi terribili scherzi, i Tengu sarebbero esperti di rapimenti. Spesso assumono forme diverse per ingannare gli esseri umani e portarli lontani dalle proprie abitazioni. Le vittime spesso si svegliano molto lontano senza alcuna memoria del tempo trascorso.

Così, era frequente che in Giappone si lasciassero offerte ai Tengu per farseli amici.

Tornando alla vicenda di Yoshitsune, il Re dei Tengu gli propose di diventare il suo maestro nell'uso della katana, per preparare il giovane ad affrontare tutti i suoi nemici.

Dopo aver appreso tutti i segreti di questa tecnica di combattimento, all'età di quindici anni, venne a conoscenza dell'esistenza di un monaco particolarmente cruento e abile nell'arte del combattimento. Convinto che lo avrebbe aiutato nella sconfitta del clan Taira, Yoshitune si recò al ponte di Gojo.

Giunto al ponte vide camminare verso di lui una possente figura in armatura nera con un'alabarda, Benkei. Quando Benkei vide il giovane, considerava sotto la sua dignità battersi con quello che gli appariva un debole ragazzino. Tale atteggiamento suscitò immediatamente la rabbia di Yoshitune e con la sua katana si scagliò contro Benkei. Il combattimento iniziò. Benkei lanciava violentissimi colpi con la sua alabarda, ma l'agilità di Yoshitune era un vantaggio considerevole: saltava da lato a lato, da davanti a dietro, schivando tutti i colpi di Benkei, che finivano in aria o danneggiavano il ponte di legno. Dopo qualche decina di minuti Benkei inizò a sentire la stanchezza e Yoshitune riuscì a disarmarlo. Mentre Benkei stava cercando di riprendere la propria arma, sfruttando un momento di distrazione, Yoshitune lo fece cadere in avanti. Benkei si trovava così con le ginocchia e le mani a terra e Yoshitune saltò prontamente sulla sua schiena, vincendo il duello.

Il gigante rimase incredulo della propria sconfitta, ma quando scoprì che il vincitore era il figlio di Yoshitomo del clan Minamoto, fece di Yoshitune il proprio padrone.

È proprio da questa sconfitta che Benkei comprese l'importanza del codice del guerriero e placò la sua indole bellica, servendo con passione e rispetto il suo signore. Viaggiò per il Giappone e combatté fedelmente accanto a Yoshitsune nella crudele battaglia tra il clan Minamoto ed il suo rivale, il clan Taira.

Le battaglie erano tutte dei successi, fino a che il fratello del suo generale, Minamoto no Yoritomo non decise di spodestare Yoshitune per acquisire tutti i suoi poteri. Benkei non tradì il suo signore e lo seguì per i successivi anni, difendendolo da ogni insidia. Divennero però dei ladri e non mancarono sempre nuovi nemici pronti ad attaccarli.

Un giorno, però, il fratello di Yoshitsune inviò un esercito di uomini che uccidessero il monaco e il suo signore, ponendo fine alle loro scorrerie. I due rimasero assediati nel castello Kamogawa no tate. Le speranze di sopravvivere erano ridotte a zero e il signore decise che l'unica soluzione per mantenere il suo onore fosse il seppuku, il rituale di suicidio riservato ai ricchi.

Benkei si mise dunque di vedetta fuori dal castello, in modo che il suo signore avesse il tempo per eseguire il rituale, non immediato. Benkei uccise chiunque gli si avvicinasse, in quanto la difesa di Yoshitsune era la sua priorità assoluta. Sopportò le venti frecce che lo trafissero con coraggio, mentre il suo signore eseguiva il seppuku. Secondo la leggenda, Benkei morì in piedi e i nemici, pensando che fosse ancora vivo, poterono entrare nel castello solo una volta terminato il rituale di suicidio che mantenne l'onore di Yoshitsune.

La leggenda di Raiko e Oyeyama

Durante il regno dell'imperatore Ichijo, avvenne uno spiacevole evento. Sul monte Oye, infatti, viveva un demone multiforme che rapiva i giovani fanciulli e li divorava nella sua dimora sulle montagne.

Volendo porre fine a questa carneficina di vittime, l'imperatore riunì i suoi consiglieri e chiese loro di trovare una soluzione. Il Primo Ministro di sua Maestà avanzò la proposta di chiamare il nobile guerriero Raiko affinché uccidesse il demone.

Fu quindi contattato questo valoroso eroe, il quale acconsentì a uccidere quello che fu indicato come il Re dei Goblin. Scelse altri 5 coraggiosi guerrieri per partire all'avventura.

In pochi giorni giunsero ai piedi del Monte Oye. L'atmosfera era terrificante e la scalata verso la tana del Goblin fu davvero difficoltosa, tra rocce enormi e foreste tetre.

Lungo il cammino, però, i coraggiosi guerrieri incontrarono degli anziani. Erano l'incarnazione di

Hachiman, ricordiamo essere il Kami della guerra, Kannon, il Kami della misericordia e Gongen, una sorta di Buddha Giapponese. Presentarono a Raiko una giara di sakè, dicendo che fosse *un gesto cordiale per gli uomini ma un veleno per i Goblin.*

Se il Goblin di Oyeyama avesse bevuto quella bevanda, si sarebbe ritrovato paralizzato. Detto questo, i tre anziani si dissolsero in una potente fonte di luce.

Proseguendo il cammino, incontrarono anche una bellissima donna lungo il corso di un fiume. La fanciulla piangeva e Raiko le si avvicinò per sapere cosa la affliggesse. Lei raccontò di essere una delle vittime del Goblin di Oye. Quando scoprì che di fronte a lei aveva il valoroso Raiko, decise di aiutare il gruppo, portandoli nella tana del Goblin e convincendo le sentinelle che si trattasse di monaci in cerca di rifugio.

Una volta entrati nella dimora, trovarono il Goblin. Convinto che si trattasse davvero di monaci, imbandì un meraviglioso banchetto con delle bellissime fanciulle danzanti per gli ospiti.

Durante la festa, Raiko offrì al mostro la giara di sakè. Senza alcun sospetto, il demone gustò la bevanda. Fece effetto subito, facendo cadere il Goblin in un sonno profondo.

Di nuovo, comparirono i tre anziani per aiutare i guerrieri a legare il demone e diedero a Raiko una serie di indicazioni per ucciderlo. L'eroe affondò quindi la spada nel collo del mostro e lo decapitò.

Il gruppo dei cinque cavalieri uscì dal castello trionfante, con la testa del demone tra le mani e la folla delle vittime rapite, finalmente libere di rivedere la luce del sole.

Le avventure del principe Yamato Take

Uno dei figli dell'Imperatore Keiko, il dodicesimo in linea di discendenza a partire dal grande Jimmu, nacque e gli fu assegnato il nome di Yamato. Era un bambino precoce, saggio e con ottime possibilità per il suo futuro. Visse nel periodo che va dal 375 al 455 d.C, secondo le fonti storiche.

Quando il giovane principe raggiunse la maggiore età, il regno era assediato dalle scorribande di due fratelli, Kumaso e Takeru. Essi erano contro la monarchia e facevano di tutto per mettere in difficoltà la famiglia dell'imperatore.

Così, il principe e i fedeli uomini del suo seguito si radunarono e si prepararono per la spedizione contro i fratelli. Prima di partire, Yamato si diresse al tempio della sua antenata Amaterasu a pregare. Qui, incontrò sua zia, che le porse una veste finemente ricamata come segno propiziatorio.

Si mise poi in cammino e raggiunse l'isola meridionale di Kiushiu in pochi giorni. Qui vi era la dimora dei banditi. Questo luogo era ricco di insidie, con folta vegetazione, molte rocce e sentieri non battuti. Vista la difficoltà dell'impresa, decise di giocare d'astuzia.

Utilizzò la veste della zia per travestirsi da donna. Nascose tra le pieghe della veste un pugnale affilato e si avviò da solo verso l'accampamento nemico. I due fratelli riposavano nella loro tenda, discutendo sulla notizia che un eroe con un esercito fosse giunto nella regione per ucciderli.

Quando si voltarono verso l'ingresso della struttura, notarono una bellissima donna comparsa dal nulla. I due la invitarono al tavolo per bere con loro e, in pochi minuti, si versarono tante tazze di sakè da perdere completamente il senno.

A questo punto, Yamato estrasse il coltello e uccise Kumaso in un colpo solo. Takeru tentò di fuggire, ma il principe Yamato fu più veloce di lui. Lo prese alle spalle e lo buttò a terra. Il bandito chiese al rivale chi fosse e come facesse a essere così forte. Yamato si presentò, dicendo che nessuno avrebbe più terrorizzato le sue terre e affondò la spada nella testa di Takeru.

Prima di morire, l'uomo proferì sussurrando il nuovo nome di Yamato: Yamato Take. Il gesto significò che il potere dei fratelli fosse stato ceduto a quell'eroe misterioso.

Uscì dalla tenda trionfante, conscio che il bene avesse trionfato, non solo grazie alle doti militari, ma anche all'astuzia. Tuttavia, sul cammino, lo attendevano altre insidie che, però, avrebbe affrontato con grande valore, lasciando che fosse sempre la bontà a vincere sul male.

ANIMALI

Sappiamo che la mitologia giapponese è ricca di creature insolite, tra queste ci sono anche animali che presentano delle caratteristiche particolari e con dei significati precisi.

Vediamo i più comuni all'interno di questo capitolo.

Kitsune (la volpe)

La volpe è un animale che compare molto spesso anche nella letteratura occidentale. È un animale affascinante, dotato di una certa furbizia.

Nella mitologia giapponese, la volpe viene indicata con il termine Kitsune. Anche in oriente, la volpe è tra le creature più intelligenti della natura e, per via della sua longevità, diventa saggia con il passare degli anni.

Tra i poteri che possiede questo animale, vi è la multiformità: infatti, la volpe sarebbe in grado di prendere le sembianze di altre creature, tra cui l'uomo. Questo per via della loro capacità di ingannare. Spesso si incarnano in donne con diverse caratteristiche: a volte sono mogli adorabili, altre volte amanti chimeriche.

Il mito della volpe è diffuso in tutta la cultura orientale, anche in Cina, India e Corea. Probabilmente, le narrazioni legate a questo essere vivente proverrebbero dall'Europa, andando poi a influenzare la mitologia orientale fino a raggiungere il Giappone.

Le volpi sono considerate così affascinanti e dalle spiccate doti che vengono individuate come Kami. Questo perché l'animale possiede delle doti soprannaturali ed è quindi riconosciuto come entità spirituale.

Questi Kami, come tutti gli altri, possono avere delle connotazioni positive o negative. Nel primo caso, si parla di zenko, ovvero le volpi buone. Le yako, invece, sono volpi di campo, dal carattere malizioso e intenzioni malvagie. Tutte le volpi individuate dalla mitologia giapponese, buone, cattive o con connotazioni umane, possiedono delle code.

Maggiore è l'età di una volpe, maggiore sarà il numero delle code in suo possesso. Quelle più anziane sono anche le più sagge, coperte di un manto dorato e capaci di vedere e sentire qualsiasi cosa accada in ogni parte del mondo. Divengono quindi onniscenti, un po' come le divinità delle culture ancestrali occidentali.

Un altro potere comune alle volpi, oltre alla longevità e alla capacità di mutare a seconda delle esigenze, è l'abilità di possedere le mente. Vi è un termine nella lingua giapponese che è Kitsunetsuki, che significa letteralmente posseduto dalla volpe.

Questi animali sono in grado di entrare nel corpo di una vittima umana e di sfruttare la sua energia vitale per i propri interessi. Addirittura, nel Medioevo Giapponese si cominciò a pensare che alcune malattie mentali fossero da ricondurre proprio alla presenza dello spirito di volpe nel corpo della vittima.

La gratitudine di una volpe

Anche se nella maggior parte delle leggende giapponesi la volpe è considerata malefica e ingannatrice, vi è un mito che offre una visione diametralmente opposta. Scopriamolo.

Un bel giorno di primavera, due giovani ragazzini vennero sorpresi mentre cercavano di catturare un cucciolo di volpe. L'uomo che li vide, disse loro di vendergli l'animale per pochi spiccioli. I due glielo consegnarono, ma egli si accorse di una ferita slla zampa dell'animale.

La medicò con erbe ma, non appena si accorse della presenza di altre volpi vicino a sé, lasciò che il cucciolo raggiungesse il branco.

D'altra parte, l'uomo aveva un figlio molto malato. L'unica cura era munirsi del fegato estratto da una volpe. L'uomo e la moglie decisero quindi di commissionare la caccia alla volpe a un vicino più esperto.

La stessa notte, invece, comparve un uomo che consegnò un fegato di volpe alla famiglia e poi scomparì. Poco dopo il vicino tornò scusandosi per non essere riuscito a ottenere la cura per il ragazzo malato e fu sorpreso nel vedere che qualcuno aveva portato il fegato.

Il giorno dopo, il ragazzo fu curato con un intruglio a base di fegato di volpe. Una donna comparve proprio dopo l'avvenuta guarigione, dicendo all'uomo che lo sconosciuto era stato inviato dalla madre del cucciolo salvato in segno di gratitudine per essersi preso cura della creatura.

La volpe a nove code e il mito di Tamamo no Mae

Tamamo No Mae era una donna bellissima, tanto da far innamorare l'imperatore Giapponese. Tutti i cortigiani e le persone che frequentavano la corte adoravano la sua eleganza e la sua intelligenza.

Tuttavia, alcuni di questi, cominciarono a notare qualcosa di strano: l'imperatore stava spesso male e Tamamo No Mae, dal canto suo, sembrava non essere interessata alle condizioni di salute del suo amato. Uno dei ragazzini di corte decise di andare a chiedere consiglio ai monaci delle montagne.

I monaci consegnarono al ragazzo una bacchetta. Con essa avrebbe dovuto toccare Tamamo No Mae e rivelare così la sua vera natura.

Lo scolaro ubbidì, tornò a palazzo e si recò direttamente dalla donna. Quando la bacchetta sfiorò la sua pelle, il suo corpo cominciò una metamorfosi e il ragazzino poté distinguere ben nove code. A quel punto, l'animale si scagliò fuori dalla finestra e iniziò a correre a tutta velocità attraverso le vie della città.

La volpe dovette recarsi sulle montagne per rifugiarsi dalle grinfie dei cortigiani. L'imperatore, invece, venne avvisato della presenza di una Kitsune malvagia a corte che lo aveva soltanto ingannato.

L'imperatore si rivolse quindi a due famosi guerrieri, Kazusa No Suke e Miura No Suke, perché cacciassero ed uccidessero la volpe. Nel momento in cui i due, giunti sulle montagne, trovarno la volpe, questa si difese a modo suo: si trasformò nella bellissima Tamamo No Mae. Dopodichè, si mostrò distrutta dal dolore per la separazione dal suo amato ma, dicendo che non si sarebbe arresa senza combattere, cominciò una dura lotta sfoderando zanne e artigli.

Uno dei due guerrieri riuscì a trafiggere il petto della donna con la sua freccia e Tamamo No Mae agonizzò a terra, trasformandosi in una pietra maledetta chiamata Sessho-seki, o Pietra della Morte, in grado di uccidere chiunque si avvicinasse.

Soltanto anni dopo, un monaco riuscì a spezzare l'incantesimo della pietra dopo che essa aveva mietuto moltissime vittime. A seguito di diversi rituali purificatori, l'uomo chiese alla pietra di raccontare la sua versione dei fatti e questa raccontò la tragica storia della sua infanzia.

Tamamo No Mae era stata abbandonata nella foresta dal padre e i genitori biologici furono giustiziati per tradimento all'imperatore. Come vendetta, si diede allo spirito del kyuubi per impossessarsi dell'energia dell'imperatore. Tuttavia, si innamorò follemente di lui. Quando fu allontanata da corte, il suo cuore fu spezzato ancor prima di essere trafitta da una freccia.

Il monaco decise così di spezzare il maleficio e di liberare lo spirito di Tamamo No Mae, in modo che si disperdesse per le terre di tutto il Giappone.

Mujina (il tasso)

Il tasso è chiamato Mujina, sebbene a volte venga indicato come Tanuki, confondendolo però con il cane-procione. Nella mitologia giapponese, ha delle caratteristiche simili a quelle della volpe. Può infatti assumere molteplici forme, tra cui quelle umane e anche quelle della luna. A differenza della volpe, però, il tasso è un animale con uno spiccato senso dell'umorismo e tendente agli scherzi.

La leggenda di Kazutoyo e il tasso

Yamauchi Kazutoyo fu un feudatario vissuto intorno al 1600 in Giappone. Combatté moltissime battaglie intorno al Paese, sconfiggendo nemici e difendendo le proprie terre. C'è una leggenda che vede protagonista questo abile guerriero e un tasso.

Un giorno, Kazutoyo e un suo fedele servitore si recarono a pesca. Il pesce che catturarono fu abbondante e decisero di tornare a casa per cucinarlo. Tuttavia, nel corso del cammino, si ritrovarono coinvolti in una tremenda tempesta che li costrinse a ripararsi sotto un albero.

La foresta stava divenendo buia e i due uomini decisero di riprendere il cammino nonostante l'abbondante acquazzone.

Pochi passi dopo, incontrarono una donna che si rivolse ai due con una certa acidità. La fanciulla si trovava nella foresta in quanto fuggitiva dalla malvagia madre che le usava violenza.

Mentre il fedele servo di Kazutoyo restò ammaliato dalla donna, il padrone estrasse la sua spada e la decapitò. I due tornarono alla residenza del signore, mentre il servo tremava ancora per la terribile scena a cui aveva assistito.

Durante la notte, si recò dai genitori del padrone e raccontò tutta la vicenda. Il padre si diresse così dal figlio assassino e lo redarguì con parole severe, incolpandolo di aver disonorato il nome dei samurai.

Il figlio rispose che avesse compiuto l'efferato gesto in quanto la donna non era una mortale e invitò sia il padre che il servo a recarsi nel luogo in cui era avvenuto l'omicidio. Se avessero trovato il cadavere, si sarebbe allontanato per sempre dalla dimora.

I due, dunque, intrapresero il cammino e giunsero al luogo dell'omicidio. Rimasero sorpresi nel vedere il corpo di un tasso dove era stata uccisa la fanciulla. Così, i due corsero da Kazutoyo a chiedere spiegazioni e lui rispose che la bellezza della donna fosse troppo strana per essere terrena. Inoltre, sembrava che il suo corpo non si bagnasse sotto la pioggia.

Così, grazie a questi indizi, aveva intuito che si trattasse di un Mujina o di una Kitsune. L'unico obiettivo di queste creature è quello di ingannare gli esseri umani per raggiungere i loro scopi. Così, il signore padre di Kazutoyo rimase colpito dall'intelligenza del figlio, tanto che abdicò a suo favore, permettendogli di divenire Principe di Tosa.

La leggenda della medusa e la scimmia

Il Re dei Mari, Rin-Jin, un giorno sposò una Principessa Dragone. In questo periodo, le meduse possedevano un guscio e camminavano sulle zampe. Rin Jin governava sulle meduse e sulle altre creature del mare con immenso potere.

Il palazzo di Rin Jin era in fondo al mare ed era meraviglioso, costruito con del cristallo e con i pavimenti della più raffinata madreperla. Tutto andava perfettamente in fondo al mare, fino a che la bellissima Regina non si ammalò.

Furono chiamati tutti i migliori dottori del regno del mare, ma nessuno di loro riuscì a fornire una cura valida. La Regina stava sempre più male e, a detta di un medico, l'unica cura possibile era il fegato di una scimmia viva.

Tuttavia, a Rin Jin sembrò impossibile procurarsi una scimmia, in quanto essere non acquatico. Il dottore gli indicò dunque l'esistenza di kurage, la medusa, che ha un aspetto orribile, ma si vanta di saper camminare sulla terra ferma.

La medusa fu quindi convocata alla presenza del Re e fu invitata a partire per l'isola dove avrebbe trovato le scimmie.

Il Re le diede dei consigli per approcciarsi con le scimmie: le disse che avrebbe dovuto rendere amica una di loro e invitarla a vedere il palazzo di Rin Jin. Per trasportarla sott'acqua, poi, la medusa avrebbe dovuto rimuovere il suo guscio e trasportarla sul dorso.

Così, la medusa partì alla volta dell'isola. Appena approdò, notò subito una scimmia. Da subito, la medusa cominciò a raccontarle le bellezze del palazzo del Re dei Mari, sottolineando i dettagli preziosi della dimora e invogliando l'altro animale a visitarlo.

Alla fine, la scimmia saltò sul dorso scoperto della medusa. Durante il tragitto, kurage chiese alla scimmia se avesse portato con sé il suo fegato, non sapendo esattamente di cosa si trattasse.

L'animale restò perplesso per la strana richiesta e divenne molto sospettoso. Cominciò a fare domande e, alla fine, la medusa raccontò tutto.

Nonostante la scimmia fosse terrorizzata dal destino che l'attendeva, decise di giocare d'astuzia e di dire alla medusa che gli animali come lei fossero sempre molto onorati di cedere uno dei due fegati alle divinità.

Il problema, disse la scimmia, era che se li fosse dimenticati sulla terra ferma. La medusa, scocciata, ritornò quindi sull'isola. Tuttavia, la scimmia si arrampicò su un albero e cominciò a canzonare l'altro animale per averlo ingannato.

La medusa comprese il suo fallimento e riprese il mare sconfitta.

Nel frattempo, il Re aspettava con impazienza il ritorno della medusa. Quando la vide rientrare a palazzo, restarono insoddisfatti per la mancanza della scimmia. La medusa raccontò tutta la vicenda tremando e temendo la reazione dei nobili.

Il furore del Re Drago fu indescrivibile e diede subito ordine che la medusa fosse severamente punita: ordinò di strapparle tutte le ossa e che doveva essere percossa con dei bastoni.

Dopo la violenza subita, la medusa fu gettata in mare. Ecco quindi spiegato, secondo i giapponesi, il motivo per cui le meduse non presentano ossa e corazza.

Il Bakeneko e il Nekomata (il gatto)

Il culto dei gatti è molto diffuso in Giappone. Da un lato, vi sono riti celebrativi dell'animale, dall'altro, molte entità demoniache hanno l'aspetto di un felino, rientrando nella categoria degli Yokai.

Nella mitologia giapponese, sono tra i mostri più temibili e legati agli omicidi. Il termine "Bake-neko", infatti, significa letteralmente gatto mostruoso o trasformista. Il felino, ancora oggi nelle zone più remote del Giappone, viene considerata una creatura in grado di confondersi tra le persone solo con lo scopo di ingannarle.

Spesso il gatto può assumere l'aspetto di un essere umano e commettere crimini. Una volta compiuti gli omicidi, può impossessarsi del corpo della persona e uccidere altri individui.

I Nekomata, invece, sono simili ai Bakeneko, ma sono gatti più vecchi e più grandi, riconoscibili per una coda lunghissima. Addirittura, secondo le leggende, i Nekomata sarebbero in possesso di ben due code, in quanto possono generare il doppio dei problemi dopo le loro trasformazioni.

Mentre le leggende mostrano che non tutti i Bakeneko sono nefasti, si pensa che tutti i Nekomata lo siano. I Nekomata sono molto più malvagi e provano piacere nel fare del male agli esseri umani.

La storia del Nekomata e il principe

Una sera, un Nekomata cominciò a tenere d'occhio una geisha di cui si era innamorato, O Toyo, mentre lei trascorreva il suo tempo con un principe. Egli era il principe di Hizen, il massimo esponente della famiglia Nabeshima.

O Toyo si ritirò nella sua stanza e andò a letto. Il gatto demone la seguì furtivamente e si infilò nel giaciglio. Di notte l'animale le lacerò la gola uccidendola. Dopodichè, seppellì il cadavere di O Toyo davanti al castello e assunse la sua forma.

Ogni notte, il demone si intrufolava nella stanza del principe sotto le spoglie della donna e beveva il sangue del nobile uomo. Così, il principe di Hizen cominciò a non stare bene. I medici non riuscivano a spiegare quella sua misteriosa malattia e consigliarono così di porre delle guardie fuori dalla sua stanza mentre dormiva.

Il gatto, però, riuscì a intervenire anche sulla salute delle sentinelle, portandole ogni sera ad addormentarsi sul pavimento. Dopodichè, entrava nelle stanze del principe per bere il suo sangue.

Una notte, di nascosto, giunse al castello un giovane soldato da anni al servizio della famiglia reale. Il principe lo accolse di nascosto per raccontargli la sua vicenda.

Il soldato procedette quindi all'esplorazione del palazzo e notò che tutte le sentinelle erano a terra a dormire. Lui stesso provò una certa sonnolenza e capì che si trattasse di un maleficio. Per stare sveglio, il soldato decise drasticamente di pugnalare la sua stessa coscia.

Dolorante e sempre più confuso, si accorse della geisha: si stava avviando verso la stanza del principe. Il soldato vide la donna chinarsi sul corpo del principe e accingersi a mordere il suo collo.

Il soldato allora uscì allo scoperto e la geisha balzò via come un felino. Nelle notti successive, vegliò la camera del principe pugnalandosi per rimanere sveglio. Tuttavia, il nobile uomo non volle credere che la donna da lui amata fosse la colpevole.

Così, il coraggioso soldato dovette agire da solo per uccidere la creatura. La attaccò durante la notte e la lotta fu sanguinosa. O Toyo fuggì saltando dalla finestra e si diresse verso le montagne, scampando alla furia del soldato.

Il giorno dopo, il soldato dovette comunicare al principe la fuga della sua amata. Il dolore dell'uomo fu straziante e toccò il fondo quando il giardiniere trovò il cadavere della vera geisha. Il principe, distrutto dal dolore, ordinò alle sue guardie di uccidere il nekomata. Il soldato partì con un gruppo di coraggiosi guerrieri e diede a lungo la caccia al demone. Quando lo trovò, in un bosco tra le montagne, lo uccise senza pietà, vendicando la morte della povera e bellissima O Toyo.

Tanuki (il cane-procione)

Il cane procione è un animale malizioso e allegro che, secondo i giapponesi, porta fortuna. In Giappone viene indicato con il termine Tanuki.

Sono maestri del travestimento, ma sono anche ingenui e distratti. Il loro aspetto è bizzarro: possiedono grandissimi testicoli, talvolta rappresentati poggiati su una spalla come un sacco o mentre gli animali li suonano come se fossero tamburi.

I tanuki sono inoltre generalmente rappresentati con una pancia molto grande, particolarità che fa molto ridere i bimbi giapponesi.

Nonostante l'aspetto bizzarro e la bontà dell'animale, in alcune leggende emerge anche il suo lato malevolo. Per esempio, vi è un racconto che vede come protagonista

Kachi-kachi Yama: in questa storia, un tanuki picchia a morte un'anziana signora e la serve a tavola al marito inconsapevole come "zuppa di vecchia". Un altro racconto molto diffuso si intitola Bunbuku Chagama e narra di un tanuki che inganna un monaco trasformandosi in una teiera.

Oggi statue di tanuki si possono trovare davanti a molti templi e ristoranti giapponesi. La grande pancia o i grandi testicoli sono simbolo di prosperità e abbondanza.

YOKAI

Con Yokai, i giapponesi intendono qualsiasi entità malefica. Infatti, yō significa maleficio, kai manifestazione o anche fantasma.

Si tratta di creature soprannaturali, che si ritiene causino sfortuna e danno.

Ce ne sono di diverse tipologie, come vedremo nel corso di questo capitolo. Ci sono i malvagi, le ingannatrici, i semi animali. Comunque essi si presentino, sono ritenuti pericolosi per gli esseri umani.

Essi vivono lontani dai centri abitati per via della loro natura selvaggia, ma anche vicino agli uomini per poterli colpire con dei malefici. Possono assumere davvero molteplici forme, così da ingannare anche gli individui più furbi. Vediamo i principali Yokai della mitologia giapponese.

I vari tipi di Tengu

Abbiamo già accennato cosa siano i Tengu a proposito del mito di Yoshitsune. Si tratta di creature molto diffuse nella mitologia giapponese, anche se la loro origine è cinese. In Cina, i Tengu sarebbero delle creature celestiali con l'aspetto simile a quello di un cane.

Tuttavia, sembra che nella cultura giapponese questi demoni abbiano subito una metamorfosi, passando ad avere l'aspetto di uccelli. In questo, sembra che i Tengu possano derivare anche dalla tradizione indiana, in cui una creatura di nome Garuda ha il corpo di un essere umano e le ali di un uccello.

Con la diffusione dello shintoismo in Giappone, tuttavia, queste figure hanno subito delle mutazioni. I Tengu hanno dunque il corpo di un essere umano, le ali di un uccello e un lungo naso che sembrerebbe un becco.

I Tengu sono creature molto potenti con ottime abilità nelle arti marziali. Sono considerati demoni arroganti e capaci di fare del male, anche ai monaci. Con i loro scherzi, infatti, riuscirebbero a mettere in pericolo gli esseri umani.

Ci sono diversi tipi di Tengu nella mitologia giapponese:

1. Yamabushi Tengu, che si può trasformare in uomo, donna o bambino, o anche in un monaco se necessario;

2. Karasu Tengu, molto più corvo che uomo, in grado di rapire i bambini e fare del male agli umani che entrano nelle foreste, rendendoli folli.

Insomma, queste creature sono subdole e ingannevoli. Possono manifestarsi in ogni modo e spingere le persone ad adottare comportamenti pericolosi e bizzarri. Vediamo qualche leggenda legata ai Tengu.

La storia di Kiuchi Heizayemon

La storia di Kiuchi Heizayemon comincia con la sua misteriosa scomparsa. Egli era un vassallo e i suoi amici, che andarono a cercarlo, trovarono le sue cose sparse per il bosco. Trovarono la spada, il fodero e la sua fascia a pezzi.

Nel gruppo che cercava Kiuchi, vi era anche Suzuki Shichiro. Egli si accorse della presenza di una strana creatura alata sul tetto del tempio dove furono trovate le cose di Kiuchi. Il samurai avvertì i suoi compagni e quelli cercarono di comprendere che cosa fosse quell'entità.

La creatura disse di essere Kiuchi stesso e chiese quindi di aiutarlo a scendere dal tempio. Quando il gruppo riuscì a tirarlo giù dal tetto, l'uomo si riprese e raccontò che, la notte della scomparsa, ha sentito qualcuno chiamare il suo nome. La voce era quella di un monaco vestito di nero. Accanto a lui c'era un uomo alto con la faccia rossa ed i capelli arruffati che cadevano a terra. Il monaco ordinò a Kiuchi di salire sul tetto e, quando il vassallo si ribellò tirando fuori la spada, l'uomo con la faccia rossa distrusse in tre pezzi la spada e il fodero.

La battaglia si rivelò quindi fallimentare per Kiuchi e fu costretto a salire sul tetto e a sedersi su una piattaforma girevole simile a un vassoio. Il vassallo raccontò di aver fatto un viaggio nel tempo e nello spazio: affermò di aver viaggiato nel cielo ad altissima velocità lungo molte regioni del Giappone e che avesse incontrato persino Buddha, a Kiuchi questo viaggio sembrò essere durato 10 giorni. Tuttavia fu solo un'illusione causata da un Tengu e si risvegliò frastornato sul tetto, su cui poco tempo dopo venne recuperato dagli amici.

Heizayemon ha sperimentato un fenomeno chiamato "Tengu-kakushi", causato dalle creature per rapire gli umani e farli impazzire.

Tonda Otoko

Nel 1810, un uomo cadde misteriosamente dal cielo. Lo ritrovarono completamente nudo e disteso per terra. Fu un contadino a decidere di accoglierlo nella sua dimora per offrirgli tutte le cure necessarie per rimetterlo in forma.

Quando si riprese, l'uomo narrò di essere un pellegrino partito da casa per raggiungere un tempio per pregare. Tuttavia, sul suo cammino incontrò un vecchio monaco che portava un ventaglio piumato davanti al volto.

Cominciò a interrogarlo su chi fosse e il pellegrino rispose sempre onestamente. Tuttavia, il vecchio tolse il ventaglio dal volto, rivelando il suo lungo naso di Tengu. Il pellegrino fu rapito e portato sulle montagne per giorni.

Il contadino comprese allora che l'uomo fosse stato colpito dal Tengu-kakushi e che non ci fosse speranza di farlo ragionare. Così, lo abbandonò nel suo delirio causatogli dal Tengu.

Il Kappa

Il Kappa è una figura molto nota anche in Occidente. Si tratta di demoni acquatici usati dai genitori per allontanare i bambini dai fiumi. Abitando vicino ai corsi d'acqua, il loro aspetto è simile a quello di una rana o di un rettile, ma con le fattezze del viso di una scimmia. Hanno mani e piedi palmati che li aiutano a nuotare velocemente. Sul cranio hanno una conca che contiene sempre dell'acqua, la quale conferisce potere alle creature.

Se ci troviamo a combattere contro un Kappa, quindi, la strategia per sconfiggerlo consiste semplicemente nell'inchinarci davanti a lui, così che faccia lo stesso e inavvertitamente rovesci la sua fonte di potere.

Se un essere umano riempie la conca del kappa con dell'acqua, la creatura lo servirà per tutta la vita.

Il kappa è ambivalente: è malizioso, mangia i bambini, ma, d'altra parte, aiuta a irrigare i campi, è benevolo se allettato con cetrioli e offre consigli medici. Nella lingua giapponese viene anche indicato con i termini Kawatarō o Kawako (figlio del fiume). Il mito nasce da un'antica tradizione che consisteva nel lasciare andare nel fiume il corpicino dei feti nati morti.

Una leggenda molto comune tramandata da padre in figlio è quella del Kappa e del pescatore. Un giorno, un pescatore si trovava presso un lago a prendere qualche pesce. Dall'acqua emerse un kappa. La creatura disse all'uomo che gli umani non fossero bravi quanto I Kappa a pescare e lo sfidò.

Così, l'uomo propose al mostro di seguirlo lungo la foresta e questo accettò. Giunsero presso una mastodontica statua raffigurante una persona con in spalla un gigantesco pesce. Così, l'uomo disse al kappa che quella fosse la prova che gli esseri umani fossero in grado di pescare meglio rispetto ai mostri.

Il kappa rispose all'uomo che la statua provava solo il fatto che gli esseri umani fossero bravi a trasportare pietre nella foresta, ma non a pescare e si gettò nell'acqua del lago. A questo punto, rubò tutti i pesci pescati dall'uomo e riuscì a ingannarlo proprio come insito nella natura di queste creature.

Per via della loro ingannevolezza, i kappa vengono evitati dagli esseri umani. In Giappone, ancora oggi, vicino ai corsi dei fiumi si usa accendere grossi falò per spaventare i kappa e allontanarli soprattutto dai bambini, le loro prede preferite.

Kodama

La traduzione letterale di Kodama è "spirito dell'albero". Infatti, questo particolare Yokai giapponese vive nel profondo delle foreste incontaminate, all'interno di alberi molto vecchi, nutrendosi della loro linfa vitale.

Seconda l'antica leggenda, le foreste montuose giapponesi sono animate da spiriti che vivono all'interno degli alberi. È grazie a questi Yokai se i boschi mantengono la loro bellezza, in quanto se ne prendono cura personalmente.

I Kodama si vedono raramente, in quanto sono sempre rifugiati all'interno dei tronchi degli alberi. Tuttavia, quando si sporgono all'esterno, prendono le sembianze di deboli sfere di luce. Avvicinandosi a uno di loro si può distinguere una piccola e buffa figura umanoide illuminata, ma quasi nessuno è mai riuscito a vederne uno dal vivo.

Il Kodama riesce a mantenere in vita l'albero che lo ospita e diventa un tutt'uno con la pianta. Se l'albero muore, avviene lo stesso per lo yokai e viceversa. I Kodama sono venerati in tutto il Giappone come divinità degli alberi e protettori delle foreste. Secondo la tradizione, gli alberi dove vengono individuati dei Kodama, riconoscibili grazie all'eco della voce che tarda a ritornare, vengono marchiati attraverso una corda sacra nota come shimenawa. Un altro segno della presenza di un Kodama in un albero si ha quando il tronco viene tagliato. Infatti, se fuoriesce un liquido, significa che viveva lì uno yokai degli alberi.

Così, grazie alla leggenda dei Kodama, i giapponesi portano molto rispetto nei confronti delle foreste e abbattere un albero antico è considerato un gesto di malaugurio che potrebbe rovinare anche un'intera comunità.

Ningyo

Le Ningyo sono le donne pesce, creature completamente diverse da quelle immaginate dalla cultura occidentale come sirene. Si trattava di mostri con il corpo di un pesce e la testa di un umano o anche di una scimmia. Avevano un terribile sorrisetto malvagio e, secondo alcune fonti, si cibavano di esseri umani.

La provenienza di questo mostro sarebbe riconducibile alla mitologia cinese, ma i giapponesi hanno aggiunto molti più dettagli alle vicende di queste strane creature. I Ningyo, infatti, se mangiati, donerebbero il potere di bloccare l'invecchiamento.

Tuttavia, è anche vero che catturare un Ningyo o trovarlo su una spiaggia sarebbe un segnale di malaugurio. Lo dimostra la leggenda Yao Bikuni, in cui un pescatore ritrovò attaccato al suo amo un pesce con il volto di un essere umano.

Non ci pensò due volte: invitò i suoi amici a cena per provare quell'insolito animale. Gli invitati si accorsero che si trattasse di una creatura troppo strana e decisero di fingere di mangiarne la carne, in modo da non offendere il pescatore. Tuttavia, avvolsero i pezzi di pesce in stuoie per buttarli via più tardi.

Uno degli amici, però, aveva bevuto troppo sakè per ricordarsi di buttare via la carne e la lasciò incustodita nella sua cucina. La figlia trovò la pietanza e la mangiò.

Per anni non successe nulla. Tuttavia, quando la ragazza si sposò, notò che il marito invecchiava, mentre lei rimaneva sempre una fanciulla. Quando il primo marito morì, si risposò, ma si ripeté lo stesso triste episodio. La donna continuava a sposarsi e a vedere morire i propri mariti. Così, straziata dal dolore, decise di uccidersi.

Con il passare dei secoli, le storie sulle Ningyo cambiarono radicalmente, trasformando le creature in affascinanti donne pesce capaci di ammaliare gli uomini e ingannarli. Questi racconti, nel 1900, affascinarono Hans C. Andersen, il quale scrisse la Sirenetta, invitando tutti gli occidentali a immaginare le Ningyo come bellissime creature marine.

Umibozu

Nonostante l'Umibozu sia indicato come il monaco marino, non c'è da fidarsi di questa creatura. Sono giganti umanoidi neri che possono essere incontrati quando l'oceano è calmo. Questa creatura è capace di provocare terrificanti onde anomale nel bel mezzo di un mare calmo e distruggere così le navi.

Forse si tratta degli spiriti dei monaci annegati o di persone morte in mare che non hanno ricevuto degna sepoltura e quindi sono iracondi nei confronti dei vivi.

L'onda viene creata dall'emersione della enorme testa nera e rotonda del monaco che sbuca dal nulla nel mare calmo. Quando attaccano, gli Umibozu si aggrappano allo scafo di una nave per trascinarla sott'acqua, grazie all'uso delle loro lunghissime braccia.

Ci sono delle leggende che spiegano come allontanare gli Umibozu quando attaccano: alcuni dicono che il fumo del tabacco li stordisca, altri che basti colpirli con i remi, facendoli così gridare ed allontanare. Alcune testimonianze tramandano che basti ingannare il monaco, distrarlo e scappare, in quanto si tratta di una creatura perlopiù stupida.

L'origine di queste creature sarebbe da individuare nell'emersione di diverse specie di meduse giganti realmente esistenti in Giappone, oppure dal manifestarsi di grosse nubi tonde all'orizzonte, premonizione di una terribile tempesta.

Dopotutto, il Giappone è una terra circondata dal mare e non stupisce se i suoi abitanti temano tanto l'oceano da creare dei miti spaventosi come quello dell'Umibozu.

Akaname

L'Akaname è uno yokai bizzarro della mitologia giapponese. Infatti, la sua peculiarità è quella di possedere una lingua lunga il doppio del suo corpo. Questo muscolo viene principalmente usato dal mostro per leccare...le toilette.

Nella mitologia giapponese questa strana creatura prende anche il nome di akaneburi, letteralmente "lecca sporco". Vive nei bagni sporchi e ovunque le persone espletano i loro bisogni. Si nutre di muffa, schiuma e melma. Ha un corpo corto e contorto sempre incurvato, mentre la sua pelle è rappresentata come rossa o verde, in alcuni casi.

Può avere uno o due occhi, così come da una a cinque dita per mano. Ha le dimensioni di un bambino e lunghi capelli viscidi e sporchi.

Nonostante l'akaname si trovi proprio nei luoghi frequentati da qualsiasi essere umano, è una creatura che non si fa vedere da nessuno. Le persone, inoltre, non vorrebbero mai ritrovarsi davanti un mostro così orrendo e, quindi, tengono molto puliti i loro bagni.

In effetti, i servizi igienici giapponesi, anche quelli pubblici, sono molto puliti. Così, si tengono lontani gli akaname!

Dodomeki: la leggenda di Fujiwara no Hidesato e Chitoku

I Dodomeki sono demoni giapponesi la cui peculiarità sono le lunghe braccia che, nella cultura giapponese, indicano la tendenza a rubare. I Dodomeki sono spesso raffigurati sotto le spoglie di donne dall'aspetto agghiacciante, con degli occhi di uccello sparsi sulle braccia.

La leggenda più famosa legata a queste orribili creature vede come protagonista un kuge, ovvero un burocrate di corte che portava il nome di Fujiwara no Hidesato. Lo abbiamo già incontrato in numerose leggende, in particolare in quella della sconfitta del millepiedi, in quanto è stato un valoroso guerriero che ispirò moltissime narrazioni.

Egli visse nel periodo Heian, ovvero nel X secolo d.C. Come suggerisce il nome, si pensa che i suoi discendenti siano i membri del clan Fujiwara, i quali erano molto ammirati nella loro zona di residenza, anche per le valorose imprese di Fujiwara no Hidesato stesso.

Era un abile militare, servì sotto l'imperatore Suzaku e combatté al suo fianco contro il ribelle Taira no Masakado.

Hidesato, noto anche con il moniker Tawara Tōda o Tawara no Tōta, divenne Kokushi, una figura con molto potere sul suo distretto, in quanto sconfisse proprio il ribelle Masakado. Un giorno, mentre cacciava nel suo territorio appena acquisito, Hidesato incontrò un vecchio che lo avvertì di uno yokai che terrorizzava i contadini della zona.

Hidesato si recò dunque nei pressi dell'avvistamento dello yokai. Si trattava di un cimitero dove venivano sepolti i cavalli morti negli allevamenti. Aspettò fino al tramonto per l'apparizione dello yōkai e, quando questo si presentò, era alto più di tre metri e con le braccia coperte da centinaia di occhi luminosi.

Hidesato tese il suo arco e scagliò una freccia contro l'occhio più luminoso. Il dodomeki fuggì terrorizzato, ma l'eroe lo inseguì. Per difesa, la creatura emise gas tossico dalla bocca e prese fuoco. Hidesato si dovette fermare e arrendersi. Tuttavia, il giorno dopo, tornato sulla scena della lotta, trovò il terreno tutto bruciato e il dodomeki era sparito nel nulla.

Quasi 400 anni dopo, durante il periodo Muromachi, un sacerdote di nome Chitoku fu chiamato per indagare su una serie di incendi inspiegabili scoppiati nel tempio in un villaggio vicino al monte Myōjin, ovvero la zona dove Hidesato aveva scacciato il dodomeki.

Alcuni testimoni, infatti, avevano notato una donna coperta da una veste vicino al tempio e si narrava che si trattasse della stessa creatura che aveva sconfitto Hidesato secoli prima. Si diceva che fosse tornata per vendicarsi e cibarsi dell'aura vitale delle persone.

Dopo qualche tempo dal primo avvistamento, i templi della zona cominciarono a prendere fuoco e il sacerdote decise di intervenire. Si recò presso il dodomeki durante una sua venuta sul monte e non provò ad ucciderla, ma le parlò in modo calmo. La dodomeki si rese da subito conto della sua malvagità e promise di smettere di disturbare le persone. Così, avvolta in un fascio luminoso, sparì nel nulla.

Futakuchi-onna: la storia di Atsuya

La Futakuchi Onna è una figura davvero inquietante della mitologia giapponese. La sua peculiarità è una bocca posta dietro la nuca, sotto i capelli. Questo orificio ha costantemente bisogno di cibo e, se non riesce a ottenerlo, grida fino a che non viene soddisfatta.

La Futakuchi Onna è divenuta un mostro dopo una maledizione: forse era una donna che nutriva a dismisura i suoi figli, mentre lasciava morire il figliastro; forse era una donna che non toccava mai cibo e che si sposò con un uomo avaro, il quale non voleva spendere soldi per nutrire la moglie.

In entrambi i casi, la donna avrebbe subito delle maledizioni e le sarebbe così comparsa un'inquietante bocca sulla sua nuca.

Approfondiamo meglio la seconda versione del mito. L'uomo in questione si chiamava Atsuya e aveva delle manie: intanto, non sopportava le donne formose e, oltretutto, era un gran spilorcio. Si innamorò di una bellissima donna dalla pelle bianchissima e dai lunghi capelli neri, particolarmente magra e ciò gli suggerì che non mangiasse molto. Fu molto felice di sposarla, sapendo che non avrebbe dovuto pagare tanti soldi per nutrirla.

I parenti di Atsuya rimasero sbalorditi quando, al matrimonio, la misteriosa donna non toccò neanche una pietanza e si riempirono di sospetti.

Anche l'uomo, a lungo andare, cominciò a notare qualcosa di strano: nonostante la moglie non mangiasse nulla, comunque le sue scorte di cibo andavano esaurendosi. Dovendo pagare molti soldi per riempire le dispense, Atsuya decise di affrontare la donna.

Preparò delle succulente torte di riso e le posizionò nella sua camera. Poi, si nascose e attese che la moglie si presentasse. Quando ella arrivò, accadde un fatto strano: si sedette con la schiena verso ciotola e poco dopo i suoi capelli cominciarono a contorcersi e ad afferrare le pietanze. Queste finivano divorate da un'inquietante bocca piena di denti posta dietro la nuca della donna. La moglie si rivelò una Futakuchi onna. Egli capì che la moglie avrebbe mangiato tutto il suo cibo, facendolo morire di fame.

Molto probabilmente, questa era una leggenda metropolitana creata per prendere in giro le donne che mangiavano poco per mantenere la forma. È d'uso comune, ancora oggi, indicare una fanciulla particolarmente ingorda con il termine Futakuchi onna.

Yuki Onna, la donna della neve: la storia di Minokichi

Yuki Onna è uno yokai della mitologia giapponese. Vive sulle montagne e nelle zone in cui vi è neve. È una bellissima donna senza età, molto alta, dalla pelle bianca come la neve, talvolta persino trasparente, e dai capelli lunghissimi.

Nonostante i paesaggi innevati del Giappone siano magici, la natura di Yuki Onna è subdola e malvagia. Molti poeti ne parlano infatti paragonandola alla morte, in quanto la sua pelle è sempre bianca e gelida, proprio come quella di un cadavere.

La vera peculiarità di questa entità è la sua capacità di nutrirsi dell'energia umana con un semplice tocco della pelle. Yuki onna caccia i viaggiatori persi nelle forti tempeste di neve che ricoprono le Alpi giapponesi in inverno. Li attira a sé e li fa cadere nella sua subdola trappola.

Un altro suo potere è quello di riuscire a congelare le persone, sempre per rimuovere la loro energia vitale. Yuki Onna non invecchia mai. Per questo, in diverse leggende, la vediamo sposata con uomini che si consumano e muoiono, lasciandola vedova e pronta per il prossimo sfortunato.

La leggenda più famosa legata alla figura della donna delle nevi è certamente quella che vede protagonista un taglialegna, Minokichi, un giovane attraente, allievo di Mosaku. La storia cominciò quando i due erano nella foresta e furono sorpresi da una tempesta di neve.

L'intemperie fu così violenta che i due decisero di rifugiarsi in una capanna. Mentre Mosaku si addormentò subito, l'allievo restò ad ascoltare il fischio del vento.

Ad un certo punto, Minokichi fu svegliato da una fortissima folata di vento gelido che sferzò la capanna. Aprendo gli occhi, vide una bellissima donna proprio di fronte a lui. La donna si chinò sul viso del padrone e gli soffiò in gola un vento gelido.

Poi si avvicinò a Minokichi, spaventandolo a morte. La donna chiese di non dire una parola a nessuno su ciò che il ragazzo aveva visto in quella capanna e se ne andò, lasciando Minokichi inerme sul pavimento.

Musaku era morto e a lui non restò altra soluzione che andarsene e ricominciare una nuova vita. Alcuni anni dopo, il giovane conobbe una bellissima fanciulla di nome Oyuki, con cui si sposò.

Gli anni passarono e Minokichi notò un fatto insolito sul viso della moglie: ella non invecchiava e questo spaventò un po' il giovane e nacquero in lui dei sospetti. Una notte decise quindi di raccontare alla donna ciò che era accaduto la notte in cui Musaku era morto. Disse lei che assomigliasse al demone che aveva tolto la vita al suo maestro.

A quel punto, Oyuki scattò in piedi in preda all'ira e si scagliò contro il marito, intimandolo in quanto aveva infranto la promessa. Minokichi comprese dunque che la donna di fronte a lui fosse proprio la signora delle nevi e fu avvolto dalla paura di dover morire per mano sua.

Tuttavia, la donna delle nevi svanì nel nulla, spiegando che non potesse ucciderlo per non lasciare i figli orfani. Minokichi rimase dunque solo con i suoi bambini e della moglie non rimase neppure una traccia.

Yama Uba

Simile alla Yuki Onna, la strega delle montagne, Yama Uba, è uno yokai che si nutre di carne umana e ha l'aspetto di una vecchia donna. Questo mostro nascerebbe in periodo Edo, quando una terribile carestia costrinse i membri deboli della società, che rimasero nei villaggi, a cibarsi di altri essere umani per sopravvivere.

Una leggenda narra che una donna prossima al parto si fosse persa tra le montagne e che fosse stata accolta nella casa di un'anziana signora. Questa, dapprima aiutò la donna a dare alla luce il suo bambino e poi lo divorò.

Si dice che ogni Yama Uba abbia un fiore tra le montagne in cui è racchiusa la sua anima. Ciò significa che, se si trova quel fiore e lo si distrugge, anche lo yokai muore.

Gli Yama Uba attirano le persone grazie alle loro abilità di guarire le malattie più terribili, in cambio di una vittima sacrificale. Quindi, si tratta di donne ingannatrici che uccidono degli individui per salvarne altri.

Noppera-Bo: la storia di un viaggiatore

Il Noppera-Bo è un fantasma senza volto. Si tratta di esseri umani che, però, non presentano i tratti somatici. Essi possono assumere molteplici forme, solo con l'obiettivo di spaventare gli esseri umani.

I Noppera-Bo riescono a prendere le sembianze di una persona defunta, incontrare un individuo e fargli credere di essere il suo caro. Tuttavia, quando meno ce lo si aspetta, il noppera-bo fa scomparire il suo volto, sostituendolo con della pelle liscia.

Questa entità misteriosa si incontra solitamente di notte, quando le strade sono deserte. Spesso, anzi, collaborano in gruppi per spaventare le persone. Tuttavia, il loro scopo è solo questo. Non fanno del male a nessuno.

Il più famoso racconto legato a queste entità riguarda un viaggiatore. Egli stava viaggiando lungo la strada di Akasaka per Edo. Un giorno, però, si imbatté in una donna vicino alla collina di Kunizaka. Quella stava piangendo disperata e il viaggiatore non poté fare a meno di avvicinarsi a lei e chiederle cosa la affliggesse.

Quando sembrò che la donna si stesse calmando, però, passò la sua mano sul suo bel viso, il quale sparì. Il viaggiatore fuggì dunque a gambe levate e si precipitò a chiedere aiuto a un ambulante. Questo ascoltò con interesse la vicenda del viaggiatore e poi il suo viso scomparve nel nulla.

Baku

Anche se Baku significa tapiro, il Baku è un misto di diversi animali: ha il corpo di un orso, la testa di un elefante, la coda di un bue e le zampe di una tigre. È benigno nei confronti dell'uomo, anzi, divora gli incubi delle persone. Infatti, in alcune camere da letto giapponesi sono presenti statuette del Baku, in modo da godersi dei sogni sereni ogni notte.

Oni

Gli Oni sono le creature più popolari del Giappone. Sono simili agli orchi, con fattezze grottesche, zanne e un aspetto feroce. Sono spesso raffigurati con mazze, pelle verde e armi. Tuttavia, alle loro origini, questi mostri erano benevoli nei confronti degli uomini.

Però, con la diffusione delle pestilenze e carestie, si cominciò a tramandare che questi eventi fossero legati agli Oni. Nel periodo Heian, questi giganti diventarono torturatori che si avventano sulle povere persone che devono entrare nel regno dei morti.

In realtà, la vera origine di queste creature va ricercata nelle discriminazioni sociali nei confronti di alcune tribù formate da uomini particolarmente grossi e alti, selvaggi, in grado di uccidere per la propria sopravvivenza.

Come nella cultura occidentale per gli orchi, gli Oni sono parecchio stupidi. È facile ingannarli, così come respingerli. In alcune zone del Giappone sono stati così eretti degli enormi templi in grado di spaventare queste ingenue creature.

Ancora oggi, in alcune zone del nord est del Giappone, si eseguono riti che scaccino gli Oni, gettando fagioli di soia e urlando delle formule propiziatorie.

Yurei

Yūrei, in giapponese, significa spirito debole, fantasma. Nella mitologia, queste entità sono note anche come obake, shiryō, bōrei. In ogni caso, rappresentano degli spiriti che noi occidentali affianchiamo ai defunti, in quanto gli Yūrei popolano i cimiteri o comunque i luoghi in cui vi sono stati dei morti.

Esistono molti tipi diversi di yūrei, in base alla causa della loro morte. Indossano infatti le stesse vesti del loro ultimo giorno in vita e hanno ferite sanguinanti se sono stati uccisi. Hanno i capelli disordinati e un aspetto agghiacciante.

Questi spiriti sono difficili da vedere per via del loro aspetto quasi trasparente. Nonostante si tratti di spiriti legati ai defunti, gli yūrei sono in grado di evocare potenti maledizioni. Infestano infatti le case dei nemici che avevano avuto sulla terra e per i quali portano rancore. La loro malvagità nasce dal fatto che non accettano di essere morti e si vendicano così con i vivi, spaventandoli e tormentandoli. Inoltre, uno yūrei è una persona che non ha ricevuto degna sepoltura e che quindi non riesce ad accedere al regno dei morti. Altri yūrei nascono dal fatto che hanno subito una morte violenta o in un momento in cui portavano un sentimento negativo nel cuore.

Per porre fine all'insistenza degli yūrei, serve un rito di esorcizzazione o bisogna aspettare che essi raggiungano il loro scopo, solitamente punire una persona viva.

ALTRE LEGGENDE

Abbiamo conosciuto i grandi miti delle origini del mondo e i principali dei del Pantheon giapponese. Abbiamo scoperto le creature mostruose e benevole della mitologia dell'Estremo Oriente, in grado di spingere le persone ad assumere determinati comportamenti. Le storie che abbiamo affrontato fino adesso sono solo alcune delle più note della mitologia giapponese, ma ce ne sono altre molto interessanti che varrebbe la pena affrontare.

In questo ultimo capitolo, scoprirai dei miti di argomento vario che hanno come protagonisti eroi, divinità e creature fantastiche.

Issunboshi

Issun-bōshi era un ragazzo, come dice il suo nome, piccolissimo. Infatti, la traduzione letterale del termine è Il ragazzo alto un pollice, in quanto il sun è un'unità di misura davvero piccola in Giappone.

Se volessimo offrire un parallelismo, potremmo paragonare Issunboshi al nostro Pollicino.

La leggenda più diffusa su questo eroe comincia con la richiesta di due anziani di avere un figlio.

Essi si diressero al tempio di Jingo e chiesero alla divinità di poter essere benedetti dall'arrivo di un bambino tanto desiderato. La richiesta fu esaudita in poco tempo e la donna diede alla luce il suo primo figlio.

Tuttavia, il figlio della coppia alla nascita era alto solo un sun, ovvero poco più di 3 cm. La donna si arrabbiò molto con la divinità la quale, comunque, non poté fare nulla in quanto la richiesta di avere un bambino era stata esaudita.

La coppia attese anni la crescita del figlio che, tuttavia, non avveniva. La vita dei due cambiò completamente e non sopportavano che le persone continuassero a prendere in giro loro e il loro piccolo uomo. Per evitare quelle continue ingiustizie da parte delle persone, i due coniugi cacciarono Issunboshi da casa.

Il giovane non disse nulla. Usò una ciotola di riso come barca e delle bacchette come remi e partì all'avventura navigando lungo il fiume, portando con sè una spada-ago. In pochi giorni raggiunse Kyoto e cominciò ad esplorare la città. Nella capitale trovò impiego nella splendida casa di un damayo, un feudatario, che prese il ragazzo in simpatia e lo affiancò a sua figlia.

Un giorno, la ragazza volle partire alla volta del tempio di Kannon. Issunboshi la seguì ma, durante il tragitto, uno spietato Oni si avventò su di lei e la rapì. Issunboshi cercò di sfidarlo, ma con le sue piccole dimensioni riuscì solo a suscitare le risate dello yokai.

Il mostro, spavaldo, lo inghiottì. Allora, Issun-bōshi usò il suo ago per colpire dall'interno la pancia dell'oni, che si arrese a causa del dolore, risputando Issun-bōshi prima di fuggire sulle montagne. Venne in soccorso un secondo Oni che osò sfidare il piccolo uomo, ma questo riuscì ad arrampicarsi fino ai suoi occhi e a ferirli. Questo si mise in fuga, ma perse il suo mantello.

Issun-bōshi raccolse il mantello magico e la ragazza lo invitò a esprimere un desiderio. Lui chiese di diventare alto come le persone normali. La ragazza battè due volte il mantello sul terreno e Issunboushi divenne alto come qualsiasi altro uomo.

La leggenda finì con il matrimonio dei due sposi e l'elezione di Issunboshi a principe.

Kintaro

Un tempo, a Kyoto, viveva Kintoki, un famoso samurai che si innamorò di una bella dama del palazzo reale e la sposò. Tuttavia, i cortigiani invidiosi cominciarono a tendergli delle trappole che spinsero l'imperatore a scacciarlo dal castello.

Addolorato e lontano da casa, Kintoki morì, lasciando la giovane e bella moglie da sola e incinta. La donna fuggì nel profondo della foresta nella montagna Ashigara per fuggire dai nemici del marito. Nella foresta diede alla luce il bambino e gli diede il nome di Kintaro, che significa "ragazzo d'oro".

Kintaro crebbe in una grotta con la madre e imparò l'arte della caccia, dovendo stare sempre a contatto con gli animali. Tra questi, Kintaro divenne molto amico di un granchio, un orso, un cervo, una lepre e una scimmia. Kintaro aveva una forza inusuale, all'età di sei anni la madre gli diede un ascia, con cui tagliava gli alberi con la stessa facilità e rapidità di un taglialegna esperto.

Un giorno, Kintaro e i suoi amici animali giunsero presso un profondo dirupo. Per tornare a casa, sarebbero dovuti passare dall'altra parte, ma non vi era neanche un ponte.

Così, Kintaro avvolse un albero con le sue possenti braccia e lo piegò fino a raggiungere l'altra riva.

Un anziano boscaiolo nascosto dietro un cespuglio vide questa scena con grande sorpresa. Non poté credere ai suoi occhi e decise di seguire la comitiva per scoprire chi fosse quel giovane così forte.

L'uomo si chiamava Watanabe Isuna e si recò presso la casa nella grotta di Kintaro. Fu accolto dalla madre del giovane e non poté credere alle sue orecchie quando lei gli narrò la sua storia.

Decise così di provare sulla sua pelle la forza del ragazzo e lo sfidò a duello. Iniziarono a lottare, ma la forza di Kintaro era troppa e il vecchio decise di lasciar perdere. L'uomo disse allora al ragazzo di essere rimasto stupito di fronte alla scena del dirupo e confessò di non essere davvero un taglialegna.

Si trattava di uno dei più forti samurai della zona e desiderava molto portarlo con sé al palazzo reale per presentarlo all'imperatore e fare di lui un vero guerriero.

La donna acconsentì a lasciare che il figlio partisse con il samurai. Giunsero così al palazzo di Minamoto Raiko. Watanabe Isuna raccontò all'imperatore ciò che aveva visto sulle montagne e questo fu talmente affascinato dalla storia che diede a Kintaro il posto di vassallo immediatamente.

Restò a corte molti anni, in cui studiò, imparò la scrittura e l'arte della guerra. Kintaro era pronto per la selezione nell'esercito d'elite, formato da soli quattro coraggiosi soldati. Questi dovevano essere rigorosi e rispettare il codice dei guerrieri, dare prova di valore e non mostrare mai segni di ingiustizia o presunzione. Non era affatto semplice entrare in questo gruppo, ma Kintaro, grazie alle sue doti ce la fece.

Da allora, Kintaro divenne uno dei più grandi eroi del paese, rispettato, valoroso, ricco e con una grande casa dove decise di ospitare la madre.

La leggenda di Kaguya

Tanto tempo fa, un anziano trovò una canna di bambù che risplendeva nella notte mentre vagava in un canneto. Quando vi si avvicinò, notò che al suo interno vi era una bambina piccola come il pollice di una mano.

L'uomo, non avendo figli, decise di portare la bambina a casa dalla moglie e di crescerla come se fosse sua. La chiamò Nayotake no Kaguya-hime. Letteralmente, questo termine significa Principessa splendente del flessuoso bambù.

Da quando Kaguya cominciò a vivere con l'uomo, egli trovava delle pepite all'interno di ogni bambù tagliato. L'anziano si arricchì in fretta e Kaguya, cresciuta, diventò una bellissima fanciulla. Era così bella che i principi di alcune zone cominciarono a chiederla in moglie.

Kaguya-hime non voleva sposarsi con nessuno di loro e non voleva lasciare la sua famiglia. Per non rifiutare direttamente gli uomini, decise di proporre loro delle sfide impossibili da superare. Ad uno chiese di portarle in dono la sacra ciotola del Buddha, ad un altro un ramo del leggendario albero dal tronco d'oro e foglie d'argento, al terzo la pelle di un topo di fuoco dalla Cina, al quarto il gioiello dai molti colori posto sul capo di un drago e al quinto la preziosa conchiglia nascosta nella pancia di una rondine.

Nessuno di loro superò le prove, ma la voce della presenza di una meravigliosa fanciulla corse velocemente di bocca in bocca fino alle orecchie dell'Imperatore Mikado che decise di andarla a trovare.

Partì alla volta della casa della fanciulla con tutto il suo seguito di cortigiani e, non appena la vide, se ne innamorò perdutamente. Tuttavia, la ragazza non era affatto propensa a seguire l'uomo e rifiutò qualsiasi sua avance.

Una sera, il padre della fanciulla le chiese come mai fosse tanto infelice. Lei confessò all'uomo che le mancasse casa, ovvero la Luna. Disse poi che a metà dell'estate sarebbero arrivati i suoi concittadini, gli esseri celestiali di Tsuki no Miyako, la Capitale della Luna. Sarebbero venuti a riprenderla per ricondurla a casa.

Le pepite d'oro erano offerte di queste creature per offrire all'uomo dei doni per prendersi cura della fanciulla. Ecco perché lei non accettava le avance di nessun uomo, conscia che sarebbe dovuta partire presto.

Quando poi le creature si presentarono sulla terra, l'imperatore inviò una legione di soldati per impedirle di partire. Tuttavia, il fascio luminoso emanato dalle identità fu così forte da accecare tutti i presenti.

Kaguya-hime, prima di partire, scrisse una lunga lettera di scuse per i suoi genitori adottivi, ringraziando loro per ogni dono che le avevano offerto. Donò all'imperatore, poi, una goccia di elisir della vita, che dona l'immortalità a chi lo beve.

In seguito, la splendida fanciulla indossò delle grandi ali che le consentissero di spiccare il volo verso la Luna. Inoltre, le piume avevano il potere di farle scordare il tempo trascorso sulla Terra, in modo da non provare rimpianti o nostalgia una volta a casa.

I genitori della fanciulla furono molto addolorati e si ammalarono, mentre invece l'imperatore distrusse la lettera di Kaguya e lanciò l'elisir dell'eterna giovinezza dalla montagna. Da qui viene il nome della montagna più famosa del Giappone, il Fuji, che significa "immortalità". Si dice che presso queste montagne salga ancora oggi del fumo e che si tratti proprio dell'elisir della vita che brucia ancora.

La storia di Visu

Visu era un taglialegna dalla corporatura mastodontica. Viveva nella sterile pianura di Suruga, in una piccola capanna con i suoi figli e la moglie.

Una notte, mentre riposava, udì un terribile rombo provenire da sotto il terreno. Credendo che si trattasse di un terremoto violentisimo, prese in braccio i figli e fuggì fuori dall'abitazione. Qui, restò stupito da ciò che si presentò davanti a lui.

Al posto della pianura sterile, vi era un gigantesco monte coperto dalle fiamme e dal fumo. Quell'elemento naturale sorto dal nulla era maestoso e grandioso, tanto che la famiglia di Visu si sedette ad ammirarne la meraviglia.

La mattina dopo, il boscaiolo ammirò la montagna alla luce del Sole e fu così stupito da dargli un nome: Fuji-yama, ovvero il monte che non muore mai. Il Monte Fuji è oggi una delle attrazioni imperdibili per chi si reca in

Giappone. È visibile da diverse aree del paese, specialmente intorno a Tokyo.

L'idea di chiamare il monte sottolineando la sua lunga vita gli venne proprio osservando la vetta, i versanti illuminati dal sole come opali, e pensò che quel luogo fosse stato benedetto da un elisir di lunga vita. In realtà, come abbiamo visto nel mito precedente, è proprio quello che era accaduto.

Un giorno, mentre Visu si trovava nella sua dimora ai piedi del monte Fuji, venne a fargli visita un monaco, il quale lo redarguì perché non pregava abbastanza. Visu rispose di non avere tempo, con un'intera famiglia da mantenere.

Il prete fu così iracondo che elencò a Visu gli animali in cui si sarebbe potuto rincarnare se non avesse pregato abbastanza, come previsto dal buddhismo. Un topo, un rospo, una mosca e tutto per anni e anni. Visu fu così spaventato che cominciò a pregare, smettendo completamente di lavorare.

I figli deperirono e la moglie del boscaiolo si infuriò con lui. Stanco delle critiche della moglie, Visu si recò sul monte Fuji in pellegrinaggio. Quando arrivò in cima, si accorse della presenza di una volpe. All'improvviso, si scordò di dover pregare e cominciò a rincorrere l'animali tra gli alberi della foresta.

Ad un tratto, però, giunse presso un ruscello dove incontrò due bellissime fanciulle. Stavano cantando delle canzoni e il boscaiolo si sedette accanto a loro per ascoltarle. Non si mosse più per tre secoli, fino a che un giorno, una delle due fanciulle interruppe quello che stava facendo ed entrambe si trasformarono in volpi.

Fuggirono nella foresta, lasciando Visu con gli arti orribilmente rigidi. Era invecchiato moltissimo e la sua barba toccava addirittura terra. Tuttavia, Visu cercò di sforzarsi e di rimettersi in piedi. Quando, a stento, riuscì a raggiungere la zona di casa sua, la capanna era scomparsa.

Un'anziana signora lo notò e lui chiese dove fosse finita la sua capanna. La donna rispose che il taglialegna che abitava lì fosse scomparso più di trecento anni prima. Visu restò sbalordito e incredulo davanti a quella affermazione.

La donna proseguì dicendo che la moglie e i figli di Visu, così come i nipoti e i pronipoti, fossero tutti morti e che le divinità shintoiste avessero prolungato la vita del boscaiolo solo per punirlo della sua negligenza nei confronti della sua famiglia.

Visu scoppiò così in lacrime e si rese conto di quanto avesse frainteso le parole del monaco. Così, riprese il suo cammino verso il monte Fuji, dove pellegrinò ancora per molti anni fino alla sua morte. Oggi, si dice che lo spirito di Visu aleggi ancora intorno a questo bellissimo monte del Giappone. Lo si può ammirare nelle notti di luna piena.

CONCLUSIONI

Ora che sei giunto alla fine di questo libro sulla mitologia Giapponese, spero che la tua curiosità sia stata stimolata e che tu voglia approfondire ancora di più l'argomento. Come hai potuto vedere, la mitologia giapponese possiede un'aura di magia. Tuttavia, penso che la vera preziosità di questi racconti risieda nel loro legame con il territorio e la storia del Giappone.

I miti che hai letto mostrano dei luoghi meravigliosi che si possono visitare ancora oggi. Sono dei frammenti di una cultura che ha subito l'influenza della modernità e dell'immigrazione nel paese ma che, tuttavia, riesce ancora a sopravvivere e ad affascinare orientali e occidentali.

La mitologia giapponese trae spunto dalle religioni buddhiste e induiste, anche se è stata capace di rendere propri tutti i miti e di crearne altri autoctoni. Ogni storia ha un suo scopo: raccontare le origini del mondo, della natura, dell'uomo. Ci sono poi quelle tramandate di padre in figlio che spingono gli individui a comportarsi meglio, in modo più virtuoso.

Abbiamo poi incontrato le vicende dei valorosi samurai vissuti nel Medioevo giapponese, i veri eroi della mitologia dell'estremo oriente. Come quelli classici greci e latini, anche questi guerrieri sono valorosi, con una serie di difetti che vengono però compensati dal loro coraggio. Essi sono così pieni di qualità e meritevoli che le divinità non possono che affiancarli, favorendone la maturazione e la vittoria nei duelli più duri.

Abbiamo infine affrontato l'argomento dei Kami, degli Yokai e degli animali, tutte entità multiforme con delle caratteristiche uniche. Alcuni sono benevoli, altri sono nemici degli esseri umani. In ogni caso, nella mitologia giapponese è sempre il bene a trionfare sulle creature malvagie. Ancora oggi, in svariate parti del Giappone si può assistere a rituali propiziatori che consentono di allontanare gli Yokai più malefici. Sono cerimonie affascinanti, colorate e ricche di storia.

La mitologia giapponese è quindi una preziosa raccolta di credenze popolari e di folklore, un elemento imprescindibile della cultura orientale che merita di essere affrontato e compreso. Dopotutto, se si comprende a fondo la natura dei racconti della mitologia di un popolo, si conosce meglio anche il popolo stesso.

Ti voglio infine ringraziare per aver scelto questo libro e spero vivamente che ti sia piaciuto!

Libri consigliati per approfondire:

- Kojiki. Un racconto di antichi eventi

- Racconti dell'antico Giappone

- La paura in Giappone. Yokai e altri mostri giapponesi

- Myths & Legends of Japan, di F. Hadland Davis

Altri libri dell'autore:

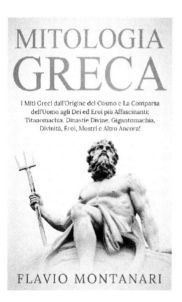

Mitologia Greca: I Miti Greci dall'Origine del Cosmo e La comparsa dell'Uomo agli Dei ed Eroi più Affascinanti

Printed in Great Britain
by Amazon

33928404R00089